Peggy Langhans

Die Seele der Steine

Originalausgabe – Erstdruck

Peggy Langhans

DIE SEELE DER STEINE

Roman

Schardt Verlag

Bibliografische Information *Der Deutschen Bibliothek*

Die Deutsche Bibliothek verzeichnet diese Publikation in *Der Deutschen Nationalbibliografie;* detaillierte bibliografische Daten sind im Internet über *www.d-nb.de* abrufbar.

Titelbild und Umschlaggestaltung:
Atelier Georg Lehmacher, Friedberg

1. Auflage 2014

Schardt Verlag
Metzer Straße 10 A
26121 Oldenburg
Tel.: 0441-21779287
Fax: 0441-21779286
E-Mail: kontakt@schardtverlag.de
www.schardtverlag.de
Herstellung: TOTEM, Poland

ISBN 978-3-89841-754-9

Life is a river, swim.
Love is a mountain, climb.

Michael Friedman
Singer & Songwriter, Kanada

Leicht, beinahe spielerisch, tragen die Wellen Kiesel und Muscheln an den Strand und wieder zurück. Klar wie Glas ist das Wasser. Von ihren Füßen auf feuchtem Sand bis zu dem weißen Stein am Grund sind es nur wenige Zentimeter. Gerade will sie den Fuß hineinsetzen, da holt sie ein Gong aus dem Tagtraum jäh in die Realität zurück.

»Meine Damen und Herren, wir befinden uns im Landeanflug auf Berlin. Bitte legen Sie die Haltegurte an, und stellen Sie Ihre Sitzlehne aufrecht«, tönt es scheppernd aus den Lautsprechern.

»Voilá, Berlin«, sagt Jean und faltet seine Zeitung zusammen.

Kalte Schweißperlen dringen aus den Poren ihrer Handinnenflächen.

»Die kleinen Verlage erwischt es jetzt auch. Allein in der letzten Woche waren es drei, die in Paris Insolvenz anmelden mussten«, fährt er mit einem Gähnen fort.

Mühsam konzentriert sie sich auf ihren Atem, während das Flugzeug langsam an Höhe verliert.

»Bloß gut, dass wir in den schwarzen Zahlen stehen. Mit unserem Programm sind wir sowieso auf der sicheren Seite. Warst du schon mal in Berlin, Barbara?«

Zu mehr als einem leichten Kopfschütteln ist sie nicht in der Lage.

»Viel davon haben wir ohnehin nicht. Die 36 Stunden, die wir hier sein werden, sind gut getimed. Die letzte Station für dieses Jahr. Und danach ab in den Urlaub.«

Die Hände fest gefaltet im Schoß, presst sie den Rücken gegen die Lehne, den Blick starr auf die Anzeige geheftet, auf der in roter Schrift »Exit« aufleuchtet. Sie schließt die Augen, als das Flugzeug auf der Landebahn aufsetzt.

***

»Und morgens bitte eine große Kanne Kaffee«, sagt sie mit fester Stimme.

»Sehr gern. Das Frühstück aufs Zimmer?« fragt der um einiges kleinere Serviceboy in perfektem Französisch.

Etwas unbedarft kommt er ihr vor, wie er, in seiner weinroten Uniform und der runden Kappe auf dem Kopf, eifrig darum bemüht ist, ihr zu Diensten zu sein.

»Unbedingt. Wo kann ich die Heizung einstellen?«

Sie reibt die im Verhältnis zu ihrem schlanken Körper großen Hände aneinander.

»Hier, Madame. Wie warm möchten Sie es haben?« antwortet er dienstbeflissen.

»Es ist in Ordnung. Nur für später«, wehrt sie ab.

»Haben Sie sonst noch einen Wunsch?«

»Das ist alles. Merci.«

»Wenn Sie etwas brauchen, wählen Sie bitte die Nummer der Rezeption. Gute Nacht, Madame Benoit«, wünscht er ihr und ist schon an der Zimmertür.

»Warten Sie. Vielleicht doch eine Kleinigkeit zu essen.«

»Sehr gern. Eine Suppe? Ich kann Ihnen heute besonders unsere Tagessuppe empfehlen: Soup de pomme de terre.« Er kommt wieder auf sie zu.

»Wie heißt das auf Deutsch?«

»Kartoffelsuppe, Madame«, antwortet er selbstverständlich.

»Was?« fragt sie schmunzelnd. »Können Sie das bitte wiederholen?«

»Soup de pomme de terre, Madame«, kommt die leicht irritierte Antwort.

»Non, non, das deutsche Wort«, beharrt sie, einen Kreis mit ihrem Zeigefinger in die Luft zeichnend.

»Kartoffelsuppe.«

»Kartoffelsuppe?« spricht sie leicht gebrochen nach.

»Oui, Madame. Kartoffelsuppe«, wiederholt er mit absolutem Ernst.

»Ja, die nehme ich. Merci, Monsieur«, bedeutet sie ihm, das Zimmer zu verlassen.

Kartoffelsuppe in Deutschland. Vor wenigen Stunden schlenderte sie noch in der warmen Herbstmittagssonne durch Rom. Hier peitscht der Regen mit großen Tropfen gegen die Scheiben, und sie muss die Heizung anstellen. Der geöffnete Lederkoffer auf dem Bett trägt die Spuren etlicher Städte und Länder. Alt, abgenutzt und viel zu schwer ist er. Ihn durch einen neuen zu ersetzen, käme Barbara einem Verrat an einem treuen Begleiter gleich. Vorsichtig birgt sie aus ihm die sorgsam in Papier eingewickelte Weinflasche. Ein Geschenk des römischen Kulturattachés. Eigentlich zu schade, um ihn in ein Wasserglas fließen zu lassen. In der Minibar ist ein Weinglas jedoch nicht zu finden. Genussvoll nimmt sie einen Schluck, schlägt dabei ihr Notizbuch auf und schreibt in eckigen Lettern: Berlin, 24.09.2006: Kartoffelsuppe für Soup de pomme de terre, bei der Aussprache des Wortes »Kartoffel« jegliche Mimik vermeidend.

Kein schlechter Wein. Der Mann hat offensichtlich Geschmack, was nicht unbedingt zu erwarten war. Sie führt das Glas zum Mund und sieht sich im Hotelzimmer um. Zwei Nächte noch, und sie hat es überstanden. Die vorletzte Nacht in einer Suite mit Doppelbett, Spannteppich und Antikmöbelimitaten. Ob in Rom oder Berlin, die Hotelketten mit ihrer standardisierten Ausstattung bilden einen eigenen Kosmos.

Bisweilen, als sie in den letzten Tagen morgens erwachte, konnte sie nicht sagen, in welcher Stadt sie sich gerade aufhielt. Sie wurde überall herzlich empfangen, aber von den Städten hat sie kaum etwas gesehen. Ohnehin reist sie äußerst ungern. Viel mehr schätzt sie es, in ihrem kleinen Anwesen nach ihrer Façon und ihrem Rhythmus ungestört zu leben.

Es klopft.

»Barbara, bitte, mach auf.«

Hatte sie ihm nicht gesagt, dass sie alles Wesentliche morgen früh besprechen würden?

»Es ist wichtig«, drängelt Jean.

Natürlich. Das ist es für Jean immer. Aber nicht jetzt. Jetzt wartet sie auf ihre Kartoffelsuppe. Leicht fröstelnd zieht sie es sogar in Erwägung, ein Bad zu nehmen. Sie greift zum Mobiltelefon und tippt: Bonne nuit, Jean. BB. Und schaltet es aus. Ein kurzes, schrilles Signal hinter der Tür lässt auf die Ankunft der SMS schließen.

»Merde. Wieso tue ich mir das nur an?« schimpft Jean vor sich hin. »Dann musst du eben die Konsequenzen tragen. Gute Nacht.«

In diesem Fall ist die Erfindung des Mobiltelefons eine sehr praktische. Barbara gebraucht die modernen Kommunikationsmedien eher pragmatisch. Den Umgang mit der Technik hat sie sich genau so weit zu eigen gemacht, wie sie daraus tatsächlich einen Nutzen zieht. Wozu dem Trend hinterherjagen? Funktional muss es sein.

Mit der Hand testet sie den Wärmegrad des Wassers, das nach und nach die Badewanne füllt, da klopft es wieder.

»Roomservice.«

Sie öffnet, um den Serviceboy mit dem Servierwagen einzulassen.

»Einmal Kartoffelsuppe nach Art des Hauses und etwas Brot. Darf ich es Ihnen auf den Tisch stellen?«

»Oui.«

»Haben Sie noch einen Wunsch, Madame?«

»Non, merci. Gute Nacht, Monsieur.«

»Bon appétit et bonne nuit, Madame«, sagt er und verlässt den Raum.

Der Regen prasselt gegen die Fensterscheiben. Im Bad rauscht das Wasser. Eine dünne Dampfsäule schlängelt sich von der Suppe aufwärts in die kalte Luft.

Unfassbar erscheint ihr die Tatsache, hier zu sein, an einem Ort, an den es sie nicht gezogen hat. Noch einige Wochen zuvor hätte sie sogar behauptet, nie einen Fuß auf diesen Boden zu setzen. So ändern sich die Dinge. Ihr letzter Roman hat hier die höchste Auflage erreicht, höher als in irgendeinem anderen Land – was, wenn sie es sich genau überlegt, sie in Staunen versetzt. Ihre Bücher sind nicht das, was sie als Literatur bezeichnen würde. Auch wenn die Kritiker sie gern vom Gegenteil überzeugen wollen, sieht sie in ihren Werken eher zynische Betrachtungen der verschiedenen Gesellschaften. Scharfsinnige

Beobachtungen, intelligent zusammengeführt, gepaart mit dem ihr eigenen trockenen Humor und dramaturgisch ausgefeilt. Letztendlich aber verdankt sie ihre Karriere ihrem Verleger Jean, der genau die medialen Hebel zu bedienen weiß, um sich in die Wünsche der Leser einzuklinken. Der Erfolg seines Verlags gibt ihm recht und Aufwind zu immer gewagteren Handstreichen.

Mit dem Brot die Suppe aufnehmend, schlägt sie mit der freien Hand das Buch, das sie sich in Florenz gekauft hat, auf und beginnt, darin zu lesen. Nach den ersten Zeilen durchzieht ein stechender Schmerz ihren Kopf. Die Buchstaben vibrieren und ergeben keinen sinnvollen Zusammenhang mehr. Sie legt ihre Brille zur Seite und massiert die geschlossenen Augen. Wenn sie zurück in Montpellier ist, muss sie bei Dr. Bertrand unbedingt prüfen lassen, ob sie nicht doch eine neue benötigt. Keinen Appetit mehr verspürend, schiebt sie den Teller mit der Suppe von sich und steht auf, um sich zu entkleiden. Inzwischen frierend, testet sie nochmals die Temperatur des Wassers, bevor sie eintaucht. Wohlige Wärme umschließt ihren Körper. Allmählich entspannen sich Muskeln und Glieder. Diese Reisen strengen sie mehr an, als sie nach außen zu erkennen gibt. Besonders die Flüge. Nicht einmal Jean weiß, dass sie unter Flugangst leidet. Sie zieht es vor, mit dem Auto zu fahren. Selbst für die lange Strecke von Paris nach Montpellier würde sie nie einen Zug oder ein Flugzeug besteigen.

Die Wärme entwickelt sich zu unerträglicher Hitze. Eine Erkältung fehlte ihr gerade noch. Schließlich muss sie dringend mit dem Auftragsdrama für das Théâtre de la Madeleine anfangen. Im Dezember wird die Premiere sein. Philippe, der Intendant des kleinen Privattheaters in der Nähe der Madeleine, verlässt sich auf sie. Er denkt, sie hätte längst mit dem Schreiben begonnen. In gewisser Weise liegt er mit diesem Gedanken auch richtig. Aber sie kann ihm bislang keine einzige Szene vorweisen.

Es ist Sonntagabend. Heute schreibt sie nicht mehr. Morgen wird die Presse wieder die gleichen Fragen stellen, auf die sie bereits in Rom, Firenze, Zürich, Lyon und Brüssel geantwortet hat. Dafür muss sie gerüstet sein.

***

»Deine Antworten werden übersetzt. Und bitte fass dich nicht wieder so kurz. Du hast gesehen, welche Folgen das in Rom hatte. Du musst den Wolf füttern, sonst zerreißt er dich«, erteilt Jean seine stets gutgemeinten Ratschläge, die für Barbara den Beigeschmack einer gewissen Überheblichkeit in sich tragen.

»Das ist das letzte Mal. Ich habe diese Aufläufe satt. Diese ewigen Signierstunden und Pressekonferenzen. Das Herumreisen. Denk dir etwas anderes aus, aber rechne nicht mehr mit mir«, sagt sie nach einer kurzen Pause, mit einer Tasse

Kaffee am Fenster stehend, den Blick fest auf ihn gerichtet.

Er schaut sie schweigend an. Keinerlei Angriffsfläche bietend. Überzeugt, sie würde sich wieder beruhigen.

Wut steigt in ihr auf. Ein hämmernder Kopfschmerz begleitet sie bereits seit den frühen Morgenstunden. Auch die dritte Tasse Kaffee und die zweite Zigarette konnten ihn nicht vertreiben.

»Ist das Hotel nicht nach deinen Wünschen? Soll ich ein anderes suchen?«

Fassungslos stellt sie die Tasse hörbar auf dem Tisch ab.

»Wir kennen uns jetzt seit mehr als dreißig Jahren. Wer bist du eigentlich?«

Eine Frage, die sie sich oft gestellt hat. Immer, wenn sie glaubte, ihn verstanden zu haben, entgleitet er ihr wieder. Wie ein Chamäleon, das in Anpassung an seine Umgebung die Farbe wechselt.

»Das Ritz soll ganz ordentlich sein«, fährt er ungerührt fort.

Entschlossen greift sie ihren Mantel und setzt ihre Sonnenbrille auf.

»Die Pressekonferenz beginnt um elf Uhr in der Hotellobby«, ruft er ihr hinterher, als die Zimmertür krachend ins Schloss fällt.

***

Das Laub der Bäume schimmert gelb-grün im Schein der morgendlichen Sonne. Letzte wärmende Strahlen streifen die rechteckigen, symmetrisch angeordneten Steinplateaus. Auf den glatten Oberflächen spiegeln sich die wenigen Wolken des Himmels. Viele ziehen an dem großflächigen Mahnmal im Zentrum dieser Großstadt, einen kurzen Seitenblick werfend, vorbei. Einige Kinder haben die unzähligen Gänge zum Labyrinth erklärt und laufen suchend und vor Freude quietschend hindurch. Der Verkehr fließt gleichförmig rauschend vorüber. Je tiefer und weiter sie eindringt in dieses Feld der synthetischen Grabmale, desto entfernter scheinen Rauschen und Kinderlärm, bis sie gänzlich verschwinden. Stille. Über ihr der blaue Himmel. Neben ihr graue Steinwände. Wände und Gänge. Klare Formen. Die Gänge wie in Stein gegossene Meereswogen. Uneben, die Symmetrie durchbrechend. Starre Bewegungen in Blöcken wie aus Granit. Zu Stein gewordenes Leben.

Sie lässt sich auf einem der Blöcke am Rand nieder und sinnt dem über dem Mahnmal aufsteigenden Rauch ihrer Zigarette nach. Eine kleine Touristengruppe in nicht allzu weiter Ferne besichtigt die Gedenkstätte. Es mögen sieben oder acht Senioren sein. Gekleidet in den üblichen Beige- und Sandfarben, tragen die Herren den Rucksack und Fotoapparat, während die älteren Damen übertrieben aufmerksam den Worten der jungen Stadtführerin lauschen.

»Das Mahnmal besteht aus 2.711 Stelen und ist seit dem 12. Mai 2005 der Öffentlichkeit zugänglich.«

Hat sie gerade jedes Wort verstanden? Worte einer Sprache, die sie nie gelernt hat. Noch als sie es bemerkt, versteht sie nichts mehr.

Das muss an den Kopfschmerzen liegen, tut Barbara die Eigentümlichkeit schnell ab.

Mit nahezu ganzem Körpereinsatz versucht die junge Frau diese Gruppe für das Mahnmal zu begeistern. Ihren großen und mannigfaltigen Gesten zufolge ist das offensichtlich kein leichtes Unterfangen. Eine Seniorin mit einer Frisur, die Barbara der Mode der siebziger Jahre zuordnet, fällt der jungen Frau penetrant ins Wort. Hilfe suchend schweift der Blick der Stadtführerin zu Barbara. Ihre Augen begegnen sich. Doch die Seniorin lässt nicht ab von ihrem jungen Opfer. Eine Szene, die Barbara bereits häufig beobachtet hat.

Aber irgendetwas daran ist anders, denkt sie und drückt die Zigarette auf dem Sockel neben sich aus.

Ein untersetzter Herr mit Fünftagebart fotografiert jeden Stein. Zwischendurch stellt er eine Frage, die in Barbaras Ohren stets den gleichen Wortlaut zu haben scheint. Als die Gruppe weiterzieht, dreht sich die Stadtführerin zu Barbara um.

***

Erst einer, dann weitere Regentropfen prallen auf die steinerne Oberfläche, vereinigen sich zu Miniaturwasseradern, die wie eine Flusslandschaft das Grau benetzen. Ein besonders großer Tropfen trifft hart und zielsicher auf die empfindlichste Stelle des Kopfes, um dann umso sanfter an den dunklen, graumelierten Haaren hinabzuperlen.

Die Pressekonferenz. Wie viel Zeit ist vergangen? Hatte Jean mich nicht vor dem tristen Wetter in Berlin gewarnt?

Hastig zündet Barbara sich eine Zigarette an, stellt den Kragen ihres Trench auf und macht sich auf den Weg zurück zum Hotel.

»Wo um Himmels willen bist du gewesen?« zischt Jean ihr zu, als sie aufrecht und selbstsicher die Schwingtür des Nobelhotels durchschreitet.

»Ich gebe dir zehn Minuten. Zehn. Nicht eine Sekunde mehr. Die Presse wartet schon.«

»Armani«, stellt sie mit hochgezogener Augenbraue fest. »Wer hat diesmal eingeladen?«

»Der französische Botschafter«, antwortet er, sich verlegen das Sakko zurechtrückend. »Das Mittagessen. Barbara! Du treibst mich in den Wahnsinn.«

Sie mustert ihn von oben bis unten mit einem vielsagenden Blick.

»Zehn Minuten«, schreit er ihr beinahe hinterher, als sich die Türen des Fahrstuhls schließen.

Exakt um elf Uhr öffnen sich die Fahrstuhltüren. Lächelnd und mit festem Blick begegnet sie dem Blitzlichtgewitter der Horde Fotografen. Kein Wimpernschlag. Keine unbedachte Miene. Ein perfekter Auftritt in elegantem Schwarz. Make-up, Lippenstift und Mascara verdecken, gekonnt aufeinander abgestimmt, die Spuren der letzten zehn Tage. Fünfzehn Städte in zehn Tagen. Tausende Flugmeilen durch Europa und die USA für ein Bild von ihr in den Zeitungen oder ein Interview zu ihrem neuen Roman. Für die ungezählten »Cordialements« als Signum in Buchexemplaren in acht verschiedenen Sprachen. Ein so müßiges Spiel. Zehn Tage, an denen sie nicht eine Zeile schreibt. Stattdessen wieder und wieder »Cordialement«, so dass die Kraft selten zu einer winzigen Bemerkung in ihrem Notizbuch reicht, das sie stets bei sich trägt.

Während sie Buch um Buch signiert, steht er in seinem maßgeschneiderten Zweireiher in gesichertem Abstand. Inzwischen ganz ergraut zwar, strahlen seine dunklen Augen noch immer die Lebendigkeit und den südlichen Charme seiner sizilianischen Vorfahren aus. Jean ist in seinem Element. Umschwirrt und beachtet von all denen, die ein Bild oder ein »Cordialement« von ihr haben wollen. Um zu ihr zu gelangen, muss man ihn für sich gewinnen. Dieser Rolle ist er sich wohl bewusst und bedient sie allzu gern.

»Wie lange haben Sie an diesem Roman gearbeitet?« fragt ein Journalist aus der hintersten Reihe.

Wen interessiert die Antwort auf so eine Frage? denkt sie und beugt sich zum Mikrophon vor.

»Genau 56 Tage«, antwortet sie mit ernstem Ausdruck, sich innerlich darüber amüsierend, dass der schlaksige Kerl in dem viel zu weiten Wollpullover diese Schätzung tatsächlich notiert. Die Quersumme aus 56 ergibt 11. Die Elf ist eine schöne Zahl. 56 Tage klingen realistisch für einen Roman. Morgen steht es dann in allen Zeitungen: Barbara Benoits neuer Roman von knapp 300 Seiten wurde in 56 Tagen geschrieben.

»Wer hat Sie zu der Hauptfigur inspiriert?« will eine kaum auffällige Frau aus der Mitte wissen.

Wahrscheinlich hat sie Literatur studiert, ist nach einem Volontariat bei einer kleinen Zeitung gelandet und wurde heute in Vertretung des Redakteurs zu dieser Pressekonferenz geschickt. Mit ihrer gesamten Körperhaltung entschuldigt sie sich ständig dafür, dass sie überhaupt existiert, überlegt Barbara.

»Mein Nachbar«, antwortet sie ernst. Der nächste Nachbar zu ihrem Landhaus in der Nähe von Montpellier wohnt circa einen Kilometer entfernt. Und es ist absolut sicher, dass Thierry sie eher langweilt, bisweilen sogar eher nervt als inspiriert. Was geht es die Öffentlichkeit schließlich an? Keiner wird doch wohl allen Ernstes glauben, dass sie vor der Presse ihr Privatleben ausbreitet. Sie wollen eine Story, und die sollen sie auch bekommen.

»Worum wird es in Ihrem nächsten Werk gehen? Ich habe gehört, Sie schreiben schon daran.«

Ich stelle mein aktuelles Buch vor, und dieser Wichtigtuer mit Nickelbrille verlangt bereits nach dem nächsten. Barbara wird ärgerlich.

»Das erfahren Sie früh genug. Machen Sie sich darauf gefasst, dass es einen vollkommen neuen Ton anschlagen wird. Anders als alles, was Sie bisher von mir kennen. Obwohl ich zu bezweifeln wage, ob Sie überhaupt je ein Buch von mir gelesen haben.«

Warum sie das gerade gesagt hat, weiß sie nicht. Momentan hat sie keine Idee, was sie überhaupt als Nächstes tun wird. Es steht lediglich fest, dass sie das Theaterstück schreiben muss. An einen neuen Roman kann sie dabei noch nicht einmal denken. Nach dieser Tortur verlangt es sie ohnehin nach Abgeschiedenheit und Ruhe. Wie ein spitzes, scharfes Messer durchfährt der Schmerz ihre Stirn. Sie verspürt das drängende Bedürfnis nach einem Ende dieser Befragungskampagne. Mit der linken Hand streicht sie eine Haarsträhne aus ihrem Gesicht. Das verabredete Zeichen für Jean.

»Vielen Dank, meine Damen und Herren. Barbara Benoit hat heute noch einiges vor und muss sich jetzt leider zurückziehen.«

Ganz der Profi, kann sie sich in solchen Situationen absolut auf ihn verlassen.

»Au revoir«, wirft sie den Journalisten lächelnd zu und lässt sich, begleitet von den Blitzen der Fotoapparate, von Jean zum Fahrstuhl führen.

»Du findest den Hinterausgang? Dort wartet die Limousine der Französischen Botschaft.«

Ein Blick, und beide wissen genau, was der andere meint. Ein über Jahrzehnte aufeinander eingespieltes Team.

***

»Nein. Danke. Ich laufe.«

»Gut. Der Flug geht morgen um 12.45 Uhr. Das Taxi steht um elf Uhr bereit.«

Sie nickt und wendet sich zum Gehen. Er setzt an, als wolle er sich von ihr verabschieden, lässt die erhobene Hand aber wieder sinken. Ihr lange nachsehend, steigt er in die anthrazitfarbene Limousine vor dem Botschaftsgebäude.

Eigentlich mag sie keine großen Straßen. Viel mehr liebt sie die verwinkelten engen Gassen, die in Montpellier und selbst in Paris zu finden sind. Genüsslich saugt sie die herbstlich kühle Luft ein und zündet sich eine Zigarette an. Erstmals nach den zwei Wochen des Reisens und der Heimatlosigkeit spürt sie eine Ahnung von Geborgenheit, als sie ihre Schritte durch das alte Berlin lenkt. »Friedrichstraße«, liest sie halblaut die Inschrift des Schildes.

Ein schweres Wort für eine Französin. Doch scheint es, als spräche sie ohne Akzent. Obwohl fremd in dieser Stadt, ist alles seltsam vertraut. Den Gendarmenmarkt mit dem Konzerthaus, das rechts und links vom Deutschen und Französischen Dom flankiert wird, passierend, vorbei an der Hedwigskathedrale, der Staatsoper mit dem Opernpalais, gelangt sie zur Spreebrücke. Gleichmäßig und lautlos strömt der schwarzgrüne Fluss unter ihr hindurch. Der aufkommende Wind lässt sie frösteln und ihre Hände in den Ärmeln des Mantels vergraben.

Eine illustre Runde hat sich bei einem Sechs-Gänge-Menü mit einer Unterhaltung, in der politische, religiöse oder andere brisante Themen tunlichst vermieden wurden, den Mittag vertrieben. Der Botschafter lädt die Künstlerin ein und zwei ausgewählte Journalisten, die darüber in der Presse berichten dürfen. Man isst nicht, um satt zu werden. Man redet nicht, um interessante Gespräche zu führen. Eine einzige Inszenierung der Unverbindlichkeit. Ein jeder beherrscht seine Rolle.

Morgen Abend wird sie endlich wieder in ihrem eigenen Bett schlafen. Ob Thierry inzwischen die Heizung repariert hat? Er muss dringend das Holz für den Kamin hacken und aufschichten. Bestimmt hat er ihr wieder diesen Bauernkäse in den Kühlschrank gelegt, dessen übler Geruch tagelang durch das Haus zieht. Sicher liegt auf dem Schreibtisch ein Brief von Philippe mit seinen Vorstellungen für die Besetzung des neuen Dramas. Hoffentlich muss sie die Rollenprofile nicht noch einmal neu überdenken, weil er seine Wunschkandidatin nicht bekommen hat. Das unsägliche Los der Pariser Privattheater, die mit den sinkenden Sternen am Filmhimmel arbeiten müssen, um die Säle zumindest halbwegs zu füllen.

Ein Gedanke jagt den anderen. Ein dumpfes, gleichbleibendes Pochen im Hinterkopf macht sie schwindeln. Unter ihr gleitet eines der Fahrgastboote mit einigen Stadtreisenden an Deck hindurch. Die Schiffsschrauben wühlen das schwarzgrüne Nass auf und ziehen eine weiße Schaumbahn hinter sich her, die sich vom Heck über die Wasseroberfläche ausbreitet. Spätestens übermorgen wird sie wieder an ihrem Schreibtisch mit dem unbequemsten aller Stühle sitzen. In jedem Fall frierend. Denn selbst wenn die Heizung wieder funktioniert, pfeift der Wind durch sämtliche Ritzen. Als sie das alte Landhaus in der Nähe von Montpellier von einem älteren Ehepaar gekauft hatte, war es in gepflegtem Zustand. Seither sind zehn Jahre vergangen, in denen sie sich leidlich um Haus und Garten gekümmert hat. Wäre da nicht Thierry, der das eine oder andere halbwegs in Schuss hält, würde ihr das Dach längst über dem Kopf eingestürzt sein.

Thierry gäbe sicher eine perfekte Vorlage für die Rolle des Butlers in ihrem neuen Stück ab. Es ist zwar eine Nebenrolle, aber gerade die muss gut durchdacht sein. Wie sie Philippe kennt, wird er ihr gerade mal zwei Wochen lassen, um das Stück fertigzustellen.

Ein Kratzen im Hals reizt sie zum Husten.

Vielleicht sollte sie besser zum Hotel zurückkehren und ein wenig in dem Roman lesen, den sie in Florenz begonnen hat. Die Autorin hat einen überzeugenden Stil. Die Geschichte gibt nicht viel her, aber sie versteht sich ausgezeichnet im Aufbau und in der Führung ihrer Charaktere. Sie schreibt sehr emotional, denkt sie, als sie am Opernpalais vorbeigeht.

Durchgefroren betritt sie das Café und wählt einen der letzten freien Tische in der hintersten Ecke, von wo aus sie den besten Überblick über den gesamten Raum hat.

»Un café au lait s'il vous plait«, bestellt sie.

»Alles?« fragt die Bedienung gehetzt.

»Oui. Merci.«

Langsam schweift ihr Blick über die Menschen im Café. Aus dem Stimmengewirr dringen Worte verschiedener Sprachen an sie heran. Stickig und verbraucht ist die Luft in dem barocken Saal. Am Nebentisch entdeckt sie den älteren Herren mit dem Fünftagebart und die Seniorin mit der unmodernen Frisur vom Vormittag. Mit dem Stadtplan in der Hand redet sie unaufhörlich auf ihn ein, während er dabei genüsslich seinen Apfelkuchen mit einer großen Portion Schlagsahne vertilgt.

»Café au lait«, unterbricht die Bedienung grob Barbaras Beobachtung.

»Merci, Madame.«

Mit dem Löffel hebt sie, das Pärchen weiter beobachtend, den Milchschaum unter.

Die klassischen Touristen. Wie überall. Und das Tag für Tag. Bei Wind und Wetter. Stadtführungen, nein, das ist definitiv nichts für sie. Aber das wird nur ein Job sein. Schwer zu schätzen.

Wahrscheinlich studiert sie noch, denkt Barbara über die morgendliche Begegnung am Mahnmal nach und nimmt einen Schluck Kaffee. Sie muss sie sich räuspern, um ein Husten zu unterdrücken.

Und wieder rinnt der Regen an den Fensterscheiben hinab. Wenn sie schreibt, macht ihr das Wetter gar nichts aus. Umso intensiver nimmt sie es wahr, wenn sie unterwegs ist. Eine Größe, die sie nicht steuern kann, sondern unweigerlich hinnehmen muss.

»Buch mir bitte den gleichen Flug für übermorgen, Jean«, spricht sie in ihr Mobiltelefon. »Nein, ich brauche dich hier nicht. Ciao.«

Warum sie diese Entscheidung getroffen hat, kann sie nicht sagen. Vielleicht aus einer Laune heraus. Vielleicht gibt es aber auch etwas, das sie hier hält. Sie ist sich lediglich gewiss, dass sie in dieser Stadt einen Tag länger als geplant bleiben wird und einen Tag später in ihr geregeltes Leben zurückkehrt. Ein Leben, in welchem sie von neun bis mittags Korrekturen an den Seiten, die sie in der Nacht zuvor verfasst hat, vornimmt. Zurück zu den Momenten unter der Dusche, zu den ausgedehnten Mittagessen, zu den Spaziergängen, bei denen sie ihre Ideen für die Zeilen sammelt, die ab den späten Nachmittagsstunden Seite um Seite füllen. Zurück zu Thierry, dem Fischer aus dem Dorf. In den konzentrierten Phasen des Schreibens ist er der Einzige, der Zutritt zu ihr hat.

Ein mehrfaches Niesen geht in einen ausgedehnten Hustenanfall über und treibt sie aus dem Café. Auf dem Weg zurück zum Hotel muss sie sich gegen den inzwischen stürmischen Herbstwind stemmen.

***

Leere. Kein Gedanke mehr. Nichts. Sämtliche Querelen der letzten Tage wie weggeblasen. Der Ärger über die endlosen »Cordialements« und Pressekonferenzen verraucht. Wären da nicht die schweren Glieder, die die Anstrengungen gespeichert haben und sie mit bleierner Müdigkeit schonungslos daran erinnern. Sie weiß nicht wann, aber es ist lange, sehr lange her, dass sie so gut geschlafen hat. Ein tiefer, traumloser Schlaf, aus dem sie sehr spät wieder erwacht.

»Was? Du frühstückst nicht auf dem Zimmer?« begrüßt Jean sie verschlafen, als sie das Restaurant betritt.

»Bonjour. War wohl eine lange Nacht? Nein, ich korrigiere: Kurz«, erwidert sie, ihn wechselseitig auf die Wangen küssend. »Kenne ich sie?«

»Ihn«, antwortet er trocken.

»Na, sensationell kann es nicht gewesen sein. Oder hatte er nichts zum Frühstück da?«

»Darf ich dir etwas vom Buffet mitbringen? Kaffee?« lenkt er vom Thema ab.

»Danke. Ich glaube, ich wähle selbst. Ein Student?« bohrt sie weiter.

»Politik. Was isst du eigentlich zum Frühstück?« weicht er aus, er scheint schon zu bereuen, dass er ihr einen Anhaltspunkt gegeben hat.

»Politik. Dann verstehe ich, dass du mir jetzt gegenüber sitzt. Kaffee«, sagt sie.

»Und wie komme ich zu der Ehre, dass du mir in meiner morgendlichen Einsamkeit Gesellschaft leistest? Das Fach sagt nichts über etwaige andere Qualitäten aus«, schießt er unbeholfen zurück.

Wissend lächelt sie und nickt. »Sicher. Hast du seine Nummer? Nur für den Fall.«

»Das Rührei ist hier phantastisch. Soll ich dir etwas davon mitbringen? Tomaten? Speck?«

»Du bist bald sechzig und benimmst dich wie zwanzig. Willst du nicht endlich mal ankommen?«

»Dito. Dito, Madame«, gibt er bissig zurück. »Also: Rührei? Tomaten? Speck?«

»Ein Croissant. Und das hole ich mir selbst«, antwortet sie und geht zum Buffet, um mit einem Croissant, Butter und Marmelade zurückzukommen.

»Was hast du vor?« fragt er und führt eine Gabel mit Rührei und Schinken zum Mund.

Den Kaffeebecher in beiden Händen haltend, schaut sie aus dem Fenster auf den Pariser Platz, der sich zunehmend mit Menschen füllt.

»Soll ich dir einen Stadtführer besorgen?«

Abwesend reißt sie sich ein Stück vom Croissant ab und kaut es langsam, genüsslich durch.

»Die Ausstellung im Gropius-Bau soll äußerst interessant sein. Du magst doch die Moderne. Ist gut zu Fuß zu erreichen. Ich schreib dir auf, wie du dahin gelangst«, schlägt er mit vollem Mund vor.

»Hm«, antwortet sie gedankenverloren.

»War das ein Ja oder ein Nein?«

»Ich brauche nichts.«

»Nichts? Aber weshalb bleibst du dann hier?« Irritiert beißt er in den mit Butter bestrichenen Toast.

Sie verabscheut es, wenn sie sich erklären muss. Bisher lief alles in ihrem Leben zielgerichtet. Zum ersten Mal trifft sie eine Entscheidung, die mit keinem geplanten Ergebnis in Zusammenhang steht. Sie kann weder sagen warum, wozu noch weshalb. Lediglich eines weiß sie sicher: Sie bleibt einen Tag länger als geplant in Berlin. Und zum ersten Mal hat sie das untrügliche Gefühl, dass alles genau so ist, wie es sein soll.

»Der Flug ist übrigens umgebucht. Das Ticket liegt für dich an der Rezeption«, gibt er ihr zu verstehen, dass er nicht weiter nachfragen wird.

»Merci.«

»Das war schon eine Höllentour. Gott sei Dank, nur einmal im Jahr. Und jetzt ab in die Sonne. Drei Wochen Malediven. Hast du wirklich schon eine Idee für den nächsten Stoff?«

Sie zuckt mit den Schultern. Das Kratzen im Hals hat sich zu einem unangenehmen Brennen entwickelt.

»Verstehe«, sagt er und streut Salz auf die Tomaten.

Jedes Jahr diese Frage bei den Pressekonferenzen. Die ewige Gier nach mehr. Nie geben sie sich mit dem zufrieden, was bereits da ist. Wenn sie ganz ehrlich ist, ist sie leer. Ausgebrannt. Sie hat das unbefriedigende Empfinden der steten Wiederholungen. Ob es ihre Theaterstücke oder Romane betrifft, alle leben sie von Gleichnissen und Anlehnungen an Vorhandenes. Es fehlt an Esprit. Ein Job. Ja, sie macht einen Job. Sie macht ihn gut. Möglicherweise sogar sehr gut. Sie ist eine geschickte Handwerkerin. Inzwischen begabt darin, aus einem Pool unendlicher kreativer Kombinationen schöpfen zu können. Mit hoher Geschwindigkeit bewegt sie sich auf der Überholspur.

In stetem wiederkehrendem Rhythmus ein Buch nach dem anderen fertig stellend, um die Lieferzeiten für Jean einzuhalten, während er auf den Malediven untertaucht. Darüber gehen die Jahre dahin. Nun sitzt sie hier in einem Restaurant über der Stadt, ein Croissant kauend, und es mutet ihr wie ein Wunder an, dass sie in all den Jahren, in denen sie mit diesem Tempo unterwegs ist, nicht gestoppt wurde. In einem Wagen, der nie eine Werkstatt von innen gesehen hat. Höchste Zeit, die Notbremse zu ziehen. Wenn sie es nicht selbst tut, wird es ein anderer unweigerlich für sie übernehmen. Barbara Benoit. Die Bestsellerautorin. Keine ernsthaft anzustrebende Grabinschrift. Die Presse würde sich sicher noch über ihren Tod auslassen. Und sonst? Wer kommt denn zu ihrer Beerdigung? Niemand. Thierry? Jean? Sie hat der Welt einiges gegeben. Eine Geschichte nach der nächsten, dem fordernden Anspruch mit gleichbleibender Disziplin Genüge leistend.

»Hörst du mir zu?« reißt Jean sie aus ihren Gedanken.

»Excusez-moi«, schreckt sie auf.

»Was ist mit der Buchmesse? Kannst du mir dafür schon ein paar Seiten vorlegen?« wiederholt er seine Frage und nippt am Champagner.

Voll Entsetzen starrt sie ihn an. Mühsam unterdrückt sie ein Niesen.

»Ich mache damit weiter, womit ich aufgehört habe«, entschuldigt er sich und nimmt einen großen Schluck.

»Ich nicht.«

Sie wirft die Serviette auf den Tisch und steht auf.

»Du hast doch kaum etwas gegessen. Verdammt, ja, ich genieße nun mal das Leben. Stünde dir auch gut«, entgegnet er trotzig.

»Wir sehen uns im Dezember in Paris. Bis dahin will ich ungestört sein«, weist sie ihn strikt an.

»Ihr Wunsch soll mir Befehl sein, Madame«, antwortet er gespielt. Sanfter: »Wenn du was brauchst, melde dich, ja?«

Mit einem kurzen Niederschlag ihrer Lider: »Bonjour.«

Er will sich von ihr mit zwei Küssen auf die Wangen verabschieden, doch sie signalisiert ihm deutlich, Abstand zu halten.

»Besser nicht. Es sei denn, du willst den Urlaub im Bett verbringen. Allein.«

»Wäre es dann nicht besser, du fliegst zurück mit mir?«

»Hier funktioniert wenigstens die Heizung«, antwortet sie und verlässt forschen Schrittes das Restaurant.

***

Die Erkältung bestimmt ihre körperliche Verfassung mehr, als ihr lieb ist. Eigentlich ist sie vom Leben am Meer und in ihrem zugigen Landhaus abgehärtet. An den letzten Infekt kann sie sich kaum erinnern.

Aber wen wundert es? Gestern Rom im Sommer, heute Berlin im Herbst. Dazu die Klimaanlagen in den Fliegern und Hotels. Die reinsten Bakterienschleudern, denkt sie, als sie aus dem Hotel auf den Pariser Platz tritt.

Endlich keine Verpflichtungen. Ein Tag, der ihr gehört. Ein seltsames Gefühl. Kein Telefon klingelt, kein Text ist zu schreiben, keine E-Mail zu beantworten und kein Thierry oder Jean anzuweisen. Einzig sich selbst ist sie verpflichtet. Wären da nicht das Brennen im Hals und das Jucken in der Nase, würde sie sich richtig gut fühlen.

Eine Apotheke. Wo finde ich eine Apotheke? Mit ein paar Lutschtabletten und Nasentropfen bekomme ich das schnell wieder in den Griff, stellt sie fest und zündet sich eine Zigarette an. Solange die noch schmecken, ist es nicht wirklich dramatisch.

»Excusez-moi, parlez vous français, Monsieur?« spricht sie einen Passanten an.

»Sorry, but if you want, ask in English«, entgegnet er mit einem Lächeln.

»I'm looking for a pharmacy. Could you tell me please, where I can find one?«

Er überlegt eine Weile, bevor er antwortet.

»Friedrichstraße. On the left. Right in the station.«

»Thanks. Merci. Bye.«

»Gern. I'm on the same way. We can walk together«, bietet er ihr an.

Überrascht geht sie auf das freundliche Angebot ein.

»Are you from Paris?« fragt er im Gehen.

»Non. Montpellier.«

»Aus dem Süden?« setzt er auf Englisch fort.

»Oui.«

»Als Student hab ich mal eine Rundtour gemacht. Mit meinem ersten Auto. Quer durch Südfrankreich. Immer die Küstenstraße entlang. Meine Freundin hatte damals einen Job beim Außenhandel. Sie konnte Französisch. Ich wäre hoffnungslos verloren gewesen ohne sie. Schöne Gegend. Sehr schöne Gegend. Und angenehmer vom Klima als hier, oder?«

»Möglich. Ich bin seit zwei Wochen unterwegs. Der Sommer ist dort jetzt auch vorbei.«

»Die ganze Zeit in Berlin?«

»Non. Seit gestern.«

»Ihr erster Berlinaufenthalt?«

Sie nickt und schaut dabei in seine wachen, dunklen Augen in einem offenen, glattrasierten Gesicht. Er entspricht überhaupt nicht dem Bild, das sie von den Deutschen bisher hatte.

»Bleiben Sie länger? Wenn nicht, sollten Sie. Berlin ist eine tolle Stadt. Am Anfang ein bisschen unüberschaubar. Ich bin zum Studium hierhergekommen und hängengeblieben. Eine Stadt der absoluten Gegensätze. Sind Sie beruflich hier?« fragt er interessiert weiter.

»Oui«, antwortet sie.

»Hier ist die Apotheke. Einen schönen Aufenthalt noch. Bye.«

»Merci beaucoup, Monsieur. Très gentil. Au revoir«, verabschiedet sie sich von ihm. Ein kurzes Lächeln, und schon ist er wieder weg, so schnell wie er aufgetaucht ist.

Ausgestattet mit Nasenspray, Halsbonbons und einer Packung Taschentücher zieht sie weiter. Im Schaufenster des Buchhandels entdeckt sie die Auslage ihres letzten Romans. Der Einband ist nicht nach ihrer Vorstellung, aber sie hat es inzwischen aufgegeben, darüber mit Jean zu debattieren. Er sorgt dafür, dass sie von der Schriftstellerei leben kann, und sie liefert ihm die Verkaufserfolge. Am Ende stimmen die Zahlen auf beiden Konten. Darauf kommt es letztendlich an. Ob sie nun schreibt oder mit Putzen ihren Unterhalt verdient, ist egal. Sie hat einfach Glück gehabt, dass das, was sie an den Abenden und in den Nächten in ihren Laptop tippt, viele Leser anspricht.

Musik. Ich brauche Musik zum Schreiben, sonst stehe ich das nächste Drama nicht durch. Ausgerechnet auch noch eine Tragikomödie, denkt sie und betritt das große Medienkaufhaus.

Zielsicher geht sie hinunter in die Klassikabteilung, geradewegs zu den Regalen mit den gut sortierten Opernaufnahmen. Richard Wagner. Reihenweise. Allein TRISTAN UND ISOLDE in mindestens sechs verschiedenen Versionen.

Sie greift eine CD mit einem Zusammenschnitt und denkt kopfschüttelnd: Wer kauft eigentlich diese Potpourri-Aufnahmen? The Best of the Opera. Oder die Steigerung: The very Best of. Mit Oper hat das nichts mehr zu tun. Das ist Fastfood für die Seele. Aber Wagner und Tragikomödie passt.

Das Klimt-Bild auf der Hülle lässt sie sich für die Einspielung mit Daniel Barenboim und den Berliner Philharmonikern entscheiden. Viereinhalb Stunden Tragik pur sollten genügen, um den Einstieg in das Stück zu finden.

Neben der Kasse weckt einer der Tische mit den Jazz-CDs ihr Interesse. Auf einem der Cover sitzt eine blonde Frau vor einem mit Rotwein gefüllten Weinglas, das Gesicht in die Hand mit der glimmenden Zigarette gestützt. Joni Mitchell. Als sie die Titel überfliegt, hält sie inne. Das Brennen im Hals wird stärker. Eine Neuaufnahme des Titels aus den 70ern.

Warum hier? Ausgerechnet jetzt? Jahrelang hat sie daran nicht denken müssen, diese unsägliche Geschichte mit Fréderic erfolgreich verdrängt.

Ein Niesen leitet das Laufen der Nase ein. Verstohlen legt sie die CD zum TRISTAN auf den Kassentresen.

»Zahlen Sie bar oder mit Karte?«

Still reicht sie die Kreditkarte rüber.

»Ihre Belege. Vielen Dank. Einen schönen Tag.«

»Merci«, sagt sie und nimmt die Tüte mit den CDs in Empfang.

Zwei CDs, die ihr schwerer scheinen, als sie tatsächlich sind. Bevor sie weiter durch die Stadt geht, lenkt sie ihre Schritte zurück zum Hotel.

»Bitte bringen Sie einen CD-Player auf mein Zimmer«, weist sie den Concierge an der Rezeption an.

»Sehr gern, Madame Benoit. Meine Kollegin wird das sofort erledigen.«

Im Zimmer angelangt, lehnt sie sich mit dem Rücken gegen die geschlossene Tür. Mit einem Mal weicht sämtliche Kraft aus ihrem Körper. Der Kopf surrt, so dass es ihr unmöglich ist, einen klaren Gedanken zu fassen. Die wenigen Meter bis zur Sitzecke mit dem kleinen Tisch kommen einem Marathon gleich. Nachdem sie versucht hat, ihre Nase mit dem Spray zu beruhigen, fällt sie auf die Couch, den Kopf auf einer der Seitenlehnen ablegend. Bei geschlossenen Augen hat sie das Gefühl, in einer Achterbahn zu fahren.

»Madame Benoit?«

»Oui. Entrez«, antwortet sie matt und richtet sich müde auf.

»Der CD-Player. Wo möchten Sie ihn hingestellt haben?«

»Einfach auf dem Tisch. Merci.«

Wieder allein, holt sie beide CDs aus der Tüte. Behutsam öffnet sie die Hülle von Joni Mitchell und legt die CD in das Gerät. Auf dem Cover liest sie die Nummer des Titels nach und gibt diese ein, um sodann auf den Startknopf zu drücken. Ein paar Streicher leiten den Song ein. Sie legt sich wieder zurück auf die Couch, und beim Einsatz der Bläser schließt sie die Augen. Nichts denken könnend, gibt sie sich der Musik hin.

»You're in my blood like holy wine, taste so bitter, you taste so sweet«, singt Joni Mitchell mit rauchiger Stimme.

Es ist ewig her, dass sie das Lied gehört hat. Irgendwo muss die Schallplatte noch existieren. Wenn sie zurück in Montpellier ist, will sie gleich danach suchen. Obwohl, diese Version ist viel schöner, stellt sie schläfrig fest.

»She said, go to him, stay with him, if you can. But be prepared to bleed«, endet die letzte Strophe vor dem Refrain.

Eine schöne Metapher: Sei darauf vorbereitet zu bluten. Das könnte in die Überlegungen für den Titel des Dramas einfließen, denkt sie noch, bevor der Schlaf sie überrollt.

***

Die warme Sonne scheint auf ihren Körper. Sie steht am Strand und blickt über die hellgrüne, glitzernde Wasseroberfläche. Etwas entfernt zeigen die Schaumkronen der flachen Wellen eine Sandbank an. Mit den Füßen im kühlen Wasser, setzt sie an, um dorthin zu gelangen.

***

Eine heftige Niesattacke reißt sie aus dem Schlaf. Die Strahlen der tiefstehenden Sonne erwärmen ihr Gesicht. Einen Moment lang realisiert sie nicht, wo sie sich gerade befindet. Es kommt ihr wie eine Ewigkeit vor, aber als sie auf die Uhr schaut, sieht sie, dass kaum zehn Minuten vergangen sind, seit sie eingeschlafen sein muss. Der Kopf ist zwar noch schwer und die Glieder träge, aber sie ist wieder in ihrer Kraft. Eilig notiert sie die Gedanken, die sie vor dem kurzen Intermezzo gefasst hat, in ihrem schwarzen Notizbuch. Eine kleine Notiz. Das ist keine Arbeit. Sogleich wird sie das Hotelzimmer verlassen, um nicht der Versuchung zu erliegen, den Laptop anzuschalten und die eingegangenen E-Mails abzurufen. Nur diese Notiz, dann geht sie in die Sonne. Schließlich ist sie nicht hier geblieben, um die Zeit sinnlos zu verschlafen.

Mit wenigen Handgriffen richtet sie Make-up und Garderobe. Die halblangen, sehr vollen Haare bändigt sie akkurat mit einer silbernen Spange. Wenige Falten auf der Stirn und um die Mundwinkel bezeugen gelebtes Leben, ihr eigentliches Alter jedoch verbergend.

Aus der Vorhalle des Hotels tritt sie hinaus in die warme Sonne dieses frühen Herbstnachmittags. Da erblickt sie unmittelbar vor sich die junge Stadtführerin im Gespräch mit einem stattlichen, attraktiven Polizisten. Offensichtlich tragen die beiden einen Disput über das Anschließen des Fahrrads vor dem Nobelhotel aus. Barbara kann zwar kein Wort verstehen, aber wirklich ernst gemeint scheinen ihr die Ermahnungen des Polizisten nicht zu sein.

Im Grunde will er ihre Telefonnummer. Anstatt sie einfach danach zu fragen, versucht er sie mit seiner Uniform zu beeindrucken. Dieser große Kerl und so was von unbeholfen. Barbara betrachtet schmunzelnd die Szenerie.

Als er geht, treffen sich die Blicke beider Frauen. Ein kurzer Moment der Irritation, den die junge Frau recht schnell auflöst, indem sie Barbara lächelnd zunickt. Barbara zögert erst, bevor sie auf sie zugeht.

»Bonjour.«

»Salut. Sie kommen aus Frankreich?« fragt die junge Frau in akzentfreiem Französisch.

»Oui«, antwortet Barbara überrascht.

»Sie waren gestern am Mahnmal. Wollen Sie mehr darüber wissen?«

»Gern, wenn es Ihre Zeit erlaubt.«

»Ist heute sowieso mein freier Tag. Was dagegen, wenn ich das Rad mitnehme?«

Barbara schüttelt den Kopf.

»Sie haben ja mitbekommen, die sehen's nicht so gern, wenn man sein Rad hier anschließt. Es sei denn, man heißt Gérard Depardieu. Dann stellen sie noch einen extra Wachposten dafür ab. Wissen Sie eigentlich, dass das hier früher schon französisch war?« fährt die Stadtführerin fort, während sie ihr Fahrrad vom Schloss zu befreien versucht. »Stammt noch aus der Zeit, als Napoleon hier seine Truppen stationiert hat. Sie hatten ihre Zelte auf dem Gendarmenmarkt aufgeschlagen. Gleich hier um die Ecke. Hinter der

Friedrichstraße. Sehr zum Leidwesen der Berliner. Aber die Kontakte zwischen Berlin und Paris sind ja schon alt. Preußen. Sagt Ihnen bestimmt etwas. Der Alte Fritz hat damit angefangen. Das zieht sich durch die Kunst, das Bau- und sogar das Staatswesen. Die deutsche Bürokratie ist heute noch beispiellos. Erscheint mir zumindest so. Den Platz hier haben sie dann passend auch in Pariser Platz benannt. Heute leben circa 11.500 Franzosen in der Stadt. Waren mal mehr. Aber durch den Abzug der wenigen größeren Konzerne sind die meisten wieder zurück nach Frankreich gegangen«, erzählt sie im Gehen.

Barbara hört ihr zu, froh darüber, nicht selbst denken und reden zu müssen.

»Das Brandenburger Tor. Die alte Stadtgrenze. Von hier aus kam man auf direktem Weg nach Paris. Der Tiergarten war zu Zeiten Friedrichs II. königliches Jagdrevier. Im kalten Winter 1945/46 wurde er fast gänzlich von der Bevölkerung abgeholzt, um die Wohnungen zu beheizen. Somit sind die jetzigen Baumbestände nicht älter als sechzig Jahre. Wenn ich zu viel erzähle, stoppen Sie mich bitte oder fragen gnadenlos dazwischen.«

»Non, non, c'est parfait«, antwortet Barbara schnell, um den Fluss nicht zu lange zu unterbrechen.

»Na, jedenfalls wird er heute eher als Park genutzt. Vom Frühjahr bis in den Herbst sind es besonders die arabischen Großfamilien, die mit

Kind und Kegel ausziehen, grillen und den ganzen Tag hier verbringen. Er hat eine ganz eigene Atmosphäre. Sie wollten es mal untersagen, aber haben es nur teilweise durchgesetzt. Wenn Sie mich fragen, ist es auch besser so. Es gehört eben zu Berlin. Das ist, soweit ich weiß, ein großer Unterschied zu Paris. Da darf man sich in den Parkanlagen ja nicht einmal auf den Rasen setzen, oder?«

»Exactement. Paris ist alles andere als offen. In jeder Beziehung. Lieber verbarrikadiert man sich hinter dicken Mauern mit Geheimcode an der Eingangstür. Berlin ist offener?« fragt Barbara.

»In gewisser Hinsicht schon. Im Prinzip kann hier jeder machen, was er denkt. Die Stadt verändert sich ständig.«

»Warum haben sie denn dieses Mahnmal in solch einer Größe errichtet? Noch dazu mitten im Zentrum, wie mir scheint.«

»Das fragen Sie ausgerechnet mich.«

»Ja, Sie sind doch sicher Berlinerin? Wie finden Sie es?«

Die junge Frau stutzt ob der so zielgerichteten Frage.

»Los. Sagen Sie es ehrlich«, fordert Barbara sie heraus.

»Als Stadtführerin?« fragt sie unsicher und fährt sich durch die langen blonden Locken.

»Nein. Ihre Antwort als Stadtführerin kenne ich. Die interessiert mich nicht. Ihre ganz persönliche Meinung dazu will ich wissen.«

Beide schauen sich lange in die Augen, während die junge Frau nach der passenden Antwort sucht.

»Sie können keinen Bezug dazu herstellen«, nimmt Barbara ihr nach einer Weile die Antwort ab.

»Ja«, erwidert diese zögerlich.

»Ich auch nicht. Und das, obgleich meine Eltern Opfer des Vichy-Regimes sind. Keine Juden. Politische. Ein betonierter, künstlicher Friedhof mit abgezirkelten Wegen und kantigen Steinen. Niemand liegt unter diesen Steinen. Kein Name ist auf diesen Steinen eingraviert. Woher kommen diese Steine eigentlich?«

Die junge Frau ist verunsichert.

»Sehen Sie, Sie können es nicht sagen. Vielleicht erzählen diese Steine eine ganz andere Geschichte, als wir sie ihnen zuordnen wollen. Oder gar keine. Künstlich und seelenlos.«

Mit dem Ansatz eines Lächelns blickt Barbara in das Gesicht der nun vollkommen sprachlosen Frau.

»Das ist bestimmt nicht Ihr Beruf? Stadtführerin«, lenkt Barbara vom Thema ab und zündet sich dabei eine Zigarette an.

»Nein … nein. Ich habe Geschichte studiert und schreibe gerade meine Dissertation zum Thema Holocaust in Europa«, antwortet sie.

Barbara nickt bestätigend. »Warum über dieses Kapitel der Geschichte?« dringt Barbara weiter in sie.

»Kann ich nicht sagen. Irgendwie werde ich immer wieder darauf gestoßen.«

»Obwohl es Sie im Grunde nicht selbst betrifft. Oder doch?«

Barbara bemerkt, wie sie die junge Frau ins Wanken bringt.

Zwei Fremde stehen sich gegenüber, in denen eine unheimliche Ahnung von Vertrautsein aufsteigt.

»Es ist einfacher, über etwas zu schreiben, zu dem man eine Distanz hat. In diesem Fall kann ich mich auf Zeitdokumente beziehen. Archivmaterial. Das ist im wesentlichen Recherchearbeit.«

»Sicher. Aber der einfachste Weg muss nicht zwangsläufig der richtige sein. Sind Sie sicher, dass Sie tatsächlich dazu eine Distanz haben?« Barbara findet einen Hauch von Gefallen daran, ihr Gegenüber aus der Reserve zu locken.

»Was meinen Sie damit? Ich habe es nicht selbst erlebt. Es wird auch zunehmend schwieriger, mit Zeitzeugen sprechen zu können. Ich kann mich nur noch auf unzählige Quellen und Filme, die ich gesichtet habe, berufen. Das halte ich durchaus für einen distanzierten Blick auf die Geschehnisse«, verteidigt die junge Frau ihre Haltung.

»Sie haben Geschichte studiert, schreiben Ihre Doktorarbeit über den Holocaust und machen

Stadtführungen zum Mahnmal. Wird Ihnen nichts bewusst?«

Ein schrilles Klingeln unterbricht ihr Gespräch. Barbaras Begleiterin fängt an, in ihrer Umhängetasche nach ihrem Handy zu suchen.

»Ich halte Sie auf. Es war äußerst interessant. Vielen Dank. Au revoir«, verabschiedet sich Barbara mit einem festen Händedruck.

»Ja … Auf Wiedersehen«, entgegnet die junge Frau. »Warten Sie«, ruft sie ihr hinterher. »Falls Sie mal wieder in Berlin sind … meine Visitenkarte.«

»Merci beaucoup.«

Barbara nimmt die Karte und setzt ihren Weg fort.

***

Sorgsam, mit geübten Griffen legt Barbara die Kleidungsstücke ordentlich zusammen. Eins nach dem anderen stapelt sie sie mit Präzision in dem alten Lederkoffer. Jede Lücke wird genutzt, um die kleineren Gegenstände darin verschwinden zu lassen. Ohne Mühe schnappen die Schlösser.

»Berlin – Montpellier über Paris Charles de Gaulle (CDG)«, steht auf dem Ticket. Es wäre die ideale Möglichkeit gewesen, ein paar Tage in Paris zu verweilen. Ein bisschen Kultur und sich mit Freunden, die sie lange nicht gesehen hat, zum Essen zu verabreden. Das hat sie sonst immer getan. Das war der eigentliche Höhepunkt dieser Pressereisen. Das, was sie diese Reisen überhaupt erst aushalten ließ. Schon bevor sie von Montpellier abflog, stand fest, was sie im Anschluss in Paris unternehmen würde. In ihrem Lieblingsrestaurant am Boulevard St. Michel Couscous essen. Dort gibt es den besten Couscous in der ganzen Stadt. Claude und Caroline treffen. Dieses verrückte Künstlerpaar, das sie aus ihrer Studienzeit kennt und viel zu selten sieht. Oder Marions Geschichten zuzuhören, die sich mit all ihrem Hab und Gut, das sie geerbt hat, für die Bedürftigen ihres Arrondissements einsetzt. Und endlich wieder in die Oper gehen. Als krönenden Abschluss mit einem Mietwagen von Paris in den Süden durch die herbstliche Landschaft zurückreisen. Der einzige wirkliche Urlaub, den sie sich bisher gegönnt hat.

Aber so, wie die Glieder schmerzen und der Kopf schwer ist, ist an all das nicht einmal zu denken. Eigenartig, sie hat es dieses Mal ganz vergessen, ein paar Tage Paris einzuplanen. Die defekte Heizung und Thierrys Unfähigkeit, diese in Gang zu setzen, raubten ihr vor der Abreise den letzten Nerv. Als sie sich daran erinnert, weicht sämtliche Energie aus ihrem Körper. Sie lässt sich auf das Bett fallen und starrt die Decke an.

Ein Infekt. Harmlos. Sieben Tage, und alles ist vorbei. Zwei Tage sind schon rum, versucht sie den Kreislauf suggestiv zu stabilisieren.

»Madame Benoit, Ihr Taxi zum Flughafen«, hört sie hinter der Zimmertür den Concierge.

Sie richtet sich auf, um ihrer Stimme die nötige Festigkeit zu verleihen.

»J'arrive.«

Ihre Hände auf die Knie gestützt, atmet sie einmal tief durch. Dann springt sie mit einem Satz, als wäre nie etwas gewesen, hoch, zieht ihren Mantel über, greift ihre Handtasche und öffnet die Tür.

»Darf ich Ihren Koffer nehmen?« bietet ihr der Concierge an.

Sie nickt. Schnell betritt er das Zimmer, um den Koffer zu holen. Als sie die Tür schließt, liest sie auf dem Messingschild die Nummer zwanzig. In den bald mehr als hundert Hotels, in denen sie bisher übernachtet hat, war nie eine zwanzig dabei.

Der Regen perlt an den Scheiben ab. Im rhythmischen Gleichklang ziehen die Wischblätter ihre halbrunden Bahnen. Sie wirft einen letzten Blick auf die nassen Steinblöcke, deren Grau ihr nun noch trister erscheint. Grau und namenlos wie die Masse Menschen, denen ein Regime die Seele geraubt hat. Aus dem Autoradio tönt die monotone Stimme des Nachrichtensprechers. Still sitzt sie auf der Rückbank, den Kopf gegen die Scheibe gelehnt. Der Tiergarten mit seinem gelb-grünen Blattwerk fliegt vorbei.

Im kalten Winter 1945/46 wurde er fast gänzlich von der Bevölkerung abgeholzt, um die Wohnungen zu beheizen, hört sie die Stimme der Stadtführerin.

Wie war gleich ihr Name? fragt Barbara sich, greift in die Manteltasche und zieht die Visitenkarte hervor. Ohne Brille kann sie die Buchstaben nicht entziffern. Aus ihrer Handtasche holt sie die Brille und setzt sie auf.

»Annika Strehlow«, steht auf dem Kärtchen.

Sie nimmt die Brille wieder ab, behält sie in der Hand und schaut aus dem Fenster.

Annika, wiederholt sie innerlich. Muss verwandt sein mit Anouk.

Der Name ihrer Mutter.

»Madame, welche Fluggesellschaft?« reißt der Taxifahrer sie aus ihren Gedanken.

»Air France, Monsieur.«

Das Taxi hält vor dem Eingang zum Terminal.

»Bon voyage«, wünscht ihr der Fahrer, nachdem er ihr den Koffer herausgegeben hat, und steigt schnell wieder in sein Taxi, um die nächste Tour fahren zu können.

***

In tiefem Rot versinkt die Sonne am Horizont, als der Kies unter den Reifen knirscht. Noch ist alles in ein sattes Grün getaucht. Der Wein an der Südseite des Felssteinhauses trägt kräftige, rote Trauben. Im Abendlicht erscheint das Anwesen wie einem Reiseprospekt entnommen. Tief atmet sie die salzige Luft ein. Von hier aus ist es zwar nicht zu sehen, aber zu hören: das Meer. Wenn Thierry die Hecke beschnitten hätte, würde der Blick auf das dunkle Blau frei sein.

»Bonne nuit, Madame Benoit. Au revoir«, verabschiedet sich der stämmige marokkanische Taxifahrer von ihr.

»Bonne nuit, Monsieur. Merci beaucoup.«

Das Taxi verlässt Staub aufwirbelnd das Grundstück.

Sie zieht den Schlüssel aus der Handtasche, um die Tür aufzuschließen, das Haus zu betreten und in genau festgelegter Abfolge eine Handlung nach der anderen zu vollziehen. Heute stellt sie den Koffer vor der Tür ab und legt den Mantel darüber. Für einen Abend im September ist es erstaunlich warm. Das Gras hinter dem Haus ist trocken. Thierry möchte gern ihr Biotop zu einem englischen Rasen aufwerten. Bisher konnte sie sich jedoch erfolgreich mit nachdrücklicher Vehemenz dagegen wehren. Inzwischen ist das Gras so hoch gewachsen, dass man eine Sense braucht, um es zu beschneiden. Schnell durchquert sie die Hecke auf dem schmalen Pfad, der über die Dünen zum Strand führt. In sicherem Abstand zum Meer lässt sie sich auf einem großen Stein nieder, entzündet eine Zigarette und schaut in den Abendhimmel. Ungewöhnlich glatt und in kaum hörbaren Wellen trifft das Wasser aufs Land. Eine seltene, unheimliche Stille erfüllt den menschenleeren Strand. Die Luft tut ihr gut. Ein mehrfaches Niesen durchschüttelt sie. Fröstelnd nimmt sie einen letzten Zug und begibt sich wieder auf den Weg zurück zum Haus.

»Salut, Barbara. Hoffe, Du bist wieder gut gelandet. Die Heizung hat einen größeren Schaden. Das müssen wir dringend besprechen. Habe das Fenster im Obergeschoss abgedichtet. Ruf Dich morgen an. Cordialement, Thierry«, liest sie den Zettel, der angelehnt an eine Vase mit bunten Herbstblumen aus ihrem Garten steht.

Cordialement, Thierry, wiederholt sie in Gedanken.

Ein stechender Kopfschmerz durchfährt die Stirn, und ein dumpfer Geruch steigt ihr in die Nase. Der Kühlschrank ist wohl sortiert und von den Resten des letzten Jahres gereinigt. Und da liegt er: rund und intensiv riechend. Der Bauernkäse von Thierrys bestem Freund aus dem Nachbardorf. Angewidert wirft sie den Käse in eine Tüte, die sie fest verschließt und in der Mülltonne vor dem Haus versenkt. Thierry denkt, er täte ihr damit einen ganz besonderen Gefallen. Um unnötigen Diskussionen auszuweichen, hat sie sich für diese simple Lösung des Problems entschieden, anstatt ihm zu erläutern, was sie bevorzugt und was nicht. Das geht ihn schließlich nichts an. Auf dem alten Schreibtisch vor dem Fenster türmt sich die Post der letzten elf Tage. Zuoberst liegt ein Brief aus China, den sie kurz in Händen hält, um ihn dann achtlos auf den Stapel zurückzuwerfen. Stattdessen nimmt sie den großen Umschlag vom Théâtre de la Madeleine, schlitzt ihn mit dem Brieföffner auf und geht damit in die Küche zurück.

Dazu brauch ich einen Wein, beschließt sie und setzt schon den Korkenzieher an einer Flasche Beaujolais an.

An die Spüle gelehnt, trinkt sie einen Schluck und liest dabei die Unterlagen, die ihr Philippe geschickt hat.

Zur Abwechslung keine Katastrophenmeldungen. Die Besetzung ist genau so, wie sie es vor ihrer Abreise besprochen hatten. Der Vertrag ist in Ordnung. Zwei Wochen für die Fertigstellung des Stücks. Zwei Wochen.

Durch die Küche sieht sie den Schreibtisch, dessen dunkles Holz unter den unsortierten wichtigen und unwichtigen Büchern, Schriftstücken und Zetteln kaum zu erkennen ist. Mit dem Glas Wein in der Hand folgt sie der übermächtigen Anziehung und holt unter den Büchern die Notizen hervor, die sie sich zu Aufbau und Figurenkonstellation bereits gemacht hat. Wenn sie heute Abend schon nicht schreibt, so kann sie wenigstens das Grundkonstrukt durchgehen. Sie nippt am Weinglas, und ihre Augen streifen den Absender des Briefes aus China. In sauberen, schwarzen, handgeschriebenen Druckbuchstaben steht dort: Pierre Benoit. Einen weiteren großen Schluck aus dem Glas nehmend, wendet sie sich vom Schreibtisch zu ihrem Sessel in der Bibliothek.

***

»Bonjour, Barbara. Ich bin's. Thierry«, hört sie seine Stimme aus der Diele. »Ich dachte, ich komm lieber gleich vorbei. War gerade auf dem Weg in die Stadt. Brauchst du auch etwas?«

»Salut. Ça va?« fragt sie ihn, die Treppen herabsteigend.

»Très bon. Weißt du doch, wenn das Boot wieder im Hafen liegt, geht's mir gut«, antwortet er und begrüßt sie mit einem wechselseitigen Kuss.

Unrasiert und in einer fleckigen Latzhose verbreitet er einen herben Schweißgeruch.

»Danke für deine Hilfe. War irgendwas Besonderes?«

»Ja, die endlose Geschichte mit der Heizung. Ich hätt' ja was machen können, aber da es so teuer ist … Ich wollt's nicht allein entscheiden«, fährt er fort, kratzt sich am Kopf und folgt ihr in das Arbeitszimmer.

»Ich hatte dir doch gesagt, dass es egal ist, was es kostet. Hauptsache, sie funktioniert. Der Kamin wärmt mir höchstens den Rücken, aber nicht das Haus«, reagiert sie gereizt.

»Noch ist's ja warm genug. Holz hab ich dir auch gehackt und aufgeschichtet. Hast du's gesehen? Müsste den Winter über reichen«, heischt er nach ein wenig Anerkennung.

»Hörst du mir überhaupt zu?« wird sie zunehmend ärgerlicher.

Verlegen klappert er mit dem Schlüsselbund in seiner Hand.

»War es diesmal so schlimm? Tschuldige, aber gut siehst du nicht aus.«

»Eine Erkältung. Fast vorbei«, antwortet sie schnell, signalisierend, dass sie keine weiteren Nachfragen zu diesem Thema duldet.

»Hast du was da? Soll ich was mitbringen? Ich komm an der Apotheke vorbei. Liegt auf dem Weg«, bietet er ihr an und vergräbt die eine Hand in der Hosentasche.

»In Herrgottsnamen, kümmere dich endlich um die Heizung und nicht um mich«, herrscht sie ihn mit blitzenden Augen an.

»Gut, gut«, gibt er klein bei. Die Klinke der Ausgangstür drückend, dreht er sich noch einmal um. »Pierre hat geschrieben. Du solltest ihn öffnen. Und außerdem: Schön, dass du wieder da bist. A bientôt.«

Als die Tür hinter ihm ins Schloss fällt, entweicht Barbara ein Stoßseufzer.

Mit dem Kaffee in der Hand schaut sie zum Fenster hinaus. Der Wind fährt in Böen hörbar durch das hohe Gras in ihrem Garten. Die urwüchsige Hecke verstellt in Form einer grünen Mauer den Blick ins Freie. Ein paar Möwen haben sich auf der Pinie vor der Terrasse niedergelassen. Einzeln oder zu zweit starten sie von dem Baum und fliegen zu ihm zurück.

Komisch, denkt sie. Es sind immer ein oder zwei Vögel, die abfliegen. Aber selten sind es drei.

Der Kaffee ist inzwischen abgekühlt. Mit dem Brieföffner durchtrennt sie einen Umschlag nach dem anderen und sortiert die Inhalte nach Dringlichkeit. Zum Schluss bleibt der weiße Brief aus China. Erst zögernd, dann entschlossen wirft sie ihn ungeöffnet in den Papierkorb unter dem Schreibtisch. Sie klappt ihren Laptop auf und schaltet ihn ein. Auf dem Weg zur Küche zieht sie das Telefonkabel. Das Mobiltelefon auf der Kommode in der Diele stellt sie aus. Den kalten Kaffee gießt sie in die Spüle. Während frischer durch den Automaten fließt, zündet sie sich eine Zigarette an. Der Koffer steht noch unberührt vom Vorabend in der Diele. Sie öffnet ihn und holt die CDs, die sie in Berlin gekauft hat, hervor. Joni Mitchell verschwindet im Fach des CD-Players und erfüllt den ganzen Raum. Neben dem Rechner bilden ein voller Kaffeepott und ein leerer Aschenbecher eine vertraute Gemeinschaft. Am Ende wird das, was zu Beginn voll war, leer und das Leere übervoll sein. Dazu gesellen sich zwei ungewohnte Utensilien: eine Packung Taschentücher und das kleine Fläschchen Nasenspray.

Wieder ein Boulevardstück.

Ich will Tempo und jede Menge gute Pointen. Es muss geistreich sein, aber nicht intellektuell. Ich will Tragik und Komik. Du kriegst das hin. Und denk an die Vorlieben unserer Stars. Das Modehaus vom Place de la Madeleine sponsert die Garderobe. Bedenk das bei den Figuren, hämmern Philippes Worte durch ihren Kopf, als sie ein leeres Dokument aufruft.

In den Jahrzehnten ihrer Autorentätigkeit hat sich der Geschmack des sonst eher anspruchsvollen Pariser Publikums sehr gewandelt. Der Trend setzte zwar später ein, aber auch Frankreich verlangt jetzt nach den Dramen der amerikanischen und englischen Machart. Für die Regisseure hierzulande eine regelrechte Herausforderung. Nie wird sie den Satz aus ihrer Assistenzzeit bei einem der großen Regisseure der frühen 70er Jahre vergessen: Wenn du eine Komödie gut inszenieren kannst, kannst du jeden Klassiker auf die Bühne bringen. Und nun schreibt sie ausschließlich für die Privattheater. Die Stücke muten an wie Soaps. Liebe, in allen Facetten durchgespielt, führt zu Eifersucht oder Hass, den sie in einer Kriminalkomödie auch mal in einen Mord münden lassen kann. Die Charaktere, etwas überzogen zwar, aber stets sehr nahe an der Realität, verhandeln über alltägliche Schwierigkeiten. Alles gipfelt in einem fulminanten Happy End nach einem natürlich kurz vor Ende eingeschobenen retardierenden Moment, um die Spannung zu halten. Der Zuschauer geht beglückt aus dem Theater. Hat er doch gelacht, geweint, sich einfach gut unterhalten gefühlt und obendrein die Erkenntnis gewonnen, dass es in seinem eigenen Leben nicht gar so schlimm aussieht wie bei diesen Figuren. Je schlechter die

Zeiten, desto mehr verlangt der Mensch nach Zerstreuung und Unterhaltung.

Ein Mord auf der Bühne. Hab ich lange nicht gebracht. Wie war das gleich: Be prepared to bleed, kommt ihr Joni Mitchell wieder in den Sinn.

In ihrem kleinen schwarzen Notizbuch liest sie die Aufzeichnungen aus Berlin nach. In diesem Song geht es um ein Paar, das sich innig liebt, aber wenn es zusammen leben wollte, gleichermaßen durch Himmel und Hölle gehen müsste. Das höchste Glück nur erreichbar, wenn der tiefste Abgrund durchschritten wurde.

Ein Mord. Wer soll wen morden? Bei einer Komödie muss der Mord am Anfang stehen. Am Ende könnte sich herausstellen, dass alles ein Fake war. Der oder die Tote ist gar nicht tot, sondern steht quicklebendig unter der Dusche. Das Paar, nachdem es den Abgrund durchlebt, findet sich im Glückshimmel wieder. Soweit die Story. Jetzt braucht das Kind aber noch einen passenden Namen. Keine Anglizismen. Ein kurzer, prägnanter Titel, der alles beinhaltet, was dieses Stück ausmacht, und obendrein ein gutes Bild auf den Plakaten abgibt. Einprägsam muss er sein, überlegt sie, während sie die Figurenliste in den Rechner tippt.

Es ist spät am Nachmittag, als sie Thierrys Klopfen an der Tür vernimmt.

»Salut, kann ich reinkommen?« fragt er schüchtern.

Wortlos bedeutet Barbara ihm, dass sie nichts dagegen hat.

»Hier. Ein bisschen Obst und ein paar Zitronen«, fährt Thierry fort und geht in die Küche.

Wie ein Jäger seine Beute breitet er auf dem großen Holztisch Äpfel, Aprikosen, Pflaumen und Zitronen aus.

»Lass mich raten, woher du sie hast. Frisch gespritzt von Sebastians Biohof«, bemerkt Barbara und riecht an einer Zitrone.

»Soll dich grüßen von ihm. Wenn ich die Teile hab, hilft er mir morgen, die Heizung zu reparieren.«

»Also kann ich mich auf nächste Woche einrichten. Oder nächstes Jahr«, stellt sie ernüchtert fest.

»Wir sind nicht in Paris. Morgen. Hat er mir zugesagt. Da verlass ich mich drauf.«

Ein Husten durchschüttelt Barbara.

»Geh zum Arzt«, belehrt sie Thierry.

»Etwa zu deinem Monsieur Fraleux? Der deine Mutter so gut mit Tabletten versorgte, dass sie zum Schluss kaum noch einen Blutdruck hatte? Vielen Dank.«

»Sturkopp. Wie immer. Schniefnase und Fieber. Ins Bett gehörst du. Nicht an den Schreibtisch.«

»Merci für das Obst. Du kannst morgen mit Sebastian ab zehn die Anlage reparieren. Bonsoir«, schiebt sie ihn zur Tür hinaus.

Ohne weiteren Widerspruch folgt er ihrer bestimmten Anweisung. Barbara schließt schnell hinter ihm die Tür, befürchtend, er würde zurückkehren. Der einfache Fischer besitzt durchaus etwas Liebenswertes. Aber seine übertriebene Fürsorglichkeit wirkt auf sie erdrückend. Schließlich weiß sie am besten, was ihr guttut, und was sie braucht. Das muss ihr ein anderer nicht zuschreiben. Aus der Küche holt sie sich einen von den großen, verlockend gelbgesichtigen Äpfeln und beißt auf dem Weg zum Schreibtisch herzhaft hinein.

***

Eine frische Brise ist aufgekommen. In der Ferne rollen die Wellen in nahezu regelmäßigem Rhythmus an das Land. Der Himmel über ihr ist sternenklar. Zunehmend dunkler sind die frühen Herbstnächte. Obwohl es noch immer relativ warm ist für diese Jahreszeit, hat sie sich in eine Decke gewickelt. Der halb gefüllte Teller mit dem Gemüseauflauf steht neben einem fast vollen Weinglas. Das Schreiben an diesem Boulevardstück kommt ihr dieses Mal mühsam vor. Zäh fließen die Dialoge. Die Pointen wollen ihr nicht einfallen. Sollte sie nach dreißig Jahren Schriftstellerei nun die in ihrer Branche gefürchtete Schreibblockade ereilt haben? Oder ist es lediglich ein wenig Sand im Getriebe? Ein bisschen reinigen, neu ölen, und alles läuft wie gehabt.

Doch so einfach ist es nicht. All die kleinen Kniffe und Tricks, die bisher tadellos funktionierten, versagen jämmerlich. Will sie Philippe pünktlich etwas abliefern, muss sie kopieren. Dem Publikum wird es nicht einmal auffallen. Aber ihr.

Mit Originalität hat das nichts mehr zu tun. Es ist und bleibt ein Abklatsch, denkt sie und zündet sich eine Zigarette an, um den aufsteigenden Ärger zumindest ein wenig zu dämpfen.

Seit Berlin ist alles aus dem Gleichgewicht. Warum? fragt sie sich.

Ich bin Barbara Benoit, 62 Jahre alt, Schriftstellerin, Preisträgerin diverser Literaturpreise, ich kann auf ein erfolgreiches Leben zurückschauen. Das war mir nicht in die Wiege gelegt. Ich hab mehr erreicht, als ich zu träumen wagte, suggeriert sie sich, um die unermessliche Wut zu lindern. Mehr und mehr steigt die Verzweiflung in ihr auf.

Verdammt, was soll das? Das kann ich nicht gebrauchen. Nicht jetzt! versucht sie sich hilflos gegen den Schwall der widerstrebenden Emotionen zu wehren. Es ist doch nicht so schwer, ein Stück zu schreiben. Merde.

Sie wickelt sich aus ihrer Decke und geht ins Haus zurück.

Energisch räumt sie ihren Schreibtisch auf, zerreißt Notizzettel, alte Manuskriptseiten und sortiert die Bücher, die sich inzwischen auch auf dem Fußboden stapeln, in die Regale. Als sie fast fertig ist, fällt ihr die Visitenkarte der jungen Stadtführerin wieder in die Hand.

Annika, liest sie den Namen, und sofort erinnert sie sich an die beiden Begegnungen in Berlin. Bei dem Gedanken an Annikas ausladende Gesten, mit denen sie der Touristengruppe das Holocaustmahnmal erklärte, muss sie unwillkürlich lächeln.

Überzeugungsarbeit durch Körpereinsatz. Dabei hätte sie das gar nicht nötig, denkt sie, die Visitenkarte zwischen den Fingern drehend.

Warum habe ich das Gefühl, als würden wir uns seit Ewigkeiten kennen? Wir sprechen weder die gleiche Sprache, noch sind wir in einem vergleichbaren Alter, und ich bin felsenfest davon überzeugt, dass wir uns bisher nie begegnet sind, grübelt sie weiter, während sie die Internetseite des Stadtführungsbüros aufruft.

Neben einer Kurzvita ist ein Foto von Annika abgebildet. Wäre sie nicht blond, sondern so dunkelhaarig wie ihre Mutter, würde sie sie für Anouk halten. Die Mutter, die sie lediglich von Fotos kennt.

Wo habe ich damals die Kiste hingetan? fragt sie sich und beginnt, ihr Arbeitszimmer zu durchsuchen.

Der herbstliche Wind lässt die Terrassentür auf- und zuklappen. Eine ganze Weile ist vergangen, als sie aus einer der hintersten Ecken eines Regals, das vor Büchern beinahe zu bersten droht, einen Schuhkarton hervorholt, der mit einer dicken Staubschicht bedeckt ist. Mit einem Lappen befreit sie vorsichtig den vergilbten Deckel von den Ablagerungen der letzten zehn Jahre. Da in diesem Haus immer irgendein Fenster oder eine Tür geöffnet ist, bleibt es nicht aus, dass sich der Sand vom Strand überall verteilt. Den Karton auf dem Schoß, hebt sie, in ihrem Lesesessel sitzend, mit beiden Händen vorsichtig den Deckel ab. Eine kleine Schatzkammer, gefüllt mit Erinnerungsstücken ihrer Eltern, offenbart sich. Das ist alles, was ihr geblieben ist. Dieser Karton gibt ihr die Gewissheit, dass sie tatsächlich Eltern gehabt hat. Eltern, die sich offenbar auf sie gefreut haben müssen, wenn sie sich das Foto besieht, auf dem ihr Vater ihre schwangere Mutter glücklich im Arm hält. Unbeschwert wirken sie, wie wahrscheinlich die meisten Mittzwanziger, die absolut davon überzeugt sind, dass das ganze Leben noch vor ihnen liegt. Wären da nicht die selbst auf diesen verblichenen Fotos deutlich erkennbaren klaren Augen ihres Vaters, von denen neben Scharfsinn etwas Rebellisches auszugehen scheint. Erfüllt vom Nationalstolz, der den Franzosen eigen ist und der ihn letztendlich das Leben kostete.

Ein Programmzettel von der Pariser Oper lugt unter den wenigen Fotos hervor.

»TRISTAN UND ISOLDE. Oper in drei Aufzügen, Gastspiel der Berliner Staatsoper in der Opéra Paris, Mai 1941«, liest Barbara halblaut.

Handschriftlich steht mit Bleistift an den Rand gekritzelt:

»Mademoiselle, es wäre mir eine Ehre, Sie nach der Aufführung zu einem Glas Champagner einladen zu dürfen. Hochachtungsvoll, Ihr Paul Benoit.«

Und drei Jahre später ist er tot, denkt Barbara, dem Rauch ihrer Zigarette nachsehend.

Kurz darauf folgt sie ihm. TRISTAN UND ISOLDE. Wie kann die Liebe zweier Menschen so stark sein, dass sie sogar die Angst vor dem eigenen Tod überwindbar macht? sinniert sie weiter, während sie die CD mit der Opernaufnahme, die sie sich in Berlin gekauft hat, in den CD-Player legt.

Die Augen geschlossen, folgt sie der leise und sanft ansetzenden Musik. In Gedanken ziehen die Bilder von der Inszenierung, die sie unlängst in Paris gesehen hat, vorüber. Als würde Barenboim genau wissen, was in Tristan und Isolde vor Ankunft ihres Schiffs in Cornwall vorgegangen sein muss, dirigiert er das große Orchester mit einem feinsinnigen Gespür für Dynamik. Je mehr sich die Ouvertüre dem Höhepunkt nähert, desto intensiver mischen sich in die Bilder der Inszenierung die Vorstellungen von ihren Eltern. Wie muss ihr Vater ihre überaus attraktive Mutter an diesem Abend im Jahr 1941 in der Oper regelrecht angehimmelt haben. Der Abend ihrer ersten Begegnung.

Sie hätten wissen müssen, dass es tragisch enden muss, wenn sie sich ausgerechnet bei dieser Oper kennenlernen.

Welchen Sinn hat es, sich Hals über Kopf zu verlieben und unkontrollierter Leidenschaft zu verfallen und damit das Leben anderer aufs Spiel zu setzen? Er, der nie ihrer Familie genügen konnte. Sie, die für ihn den Bruch mit ihrer Familie unweigerlich heraufbeschwor. Welch unvergleichliche Dummheit. Aber die Menschheitsgeschichte ist bekanntlich voll davon, gibt sich Barbara dem Strom ihrer Gedanken hin.

Und das Ergebnis dieser unbedachten Leidenschaft sitzt hier, mühsam damit befasst, eine aufkommende Schreibblockade mit unnützen Hirnverrenkungen zu überwinden. Im wahrsten Sinne des Wortes haben die beiden Leiden geschaffen. Für nichts warfen sie ihr Leben weg. Ein junges Leben. Und wie um wenigstens eine bleibende Spur zu hinterlassen, gaben sie mir meines. Das Produkt eines Opernabends, denkt sie abfällig und schaltet die Musik mit einer gezielten Handbewegung aus.

Der geöffnete Karton mit den Überbleibseln ihrer Eltern auf dem kleinen Tisch in der Leseecke erscheint ihr wie eine Provokation. Schnell legt sie die daneben verstreuten Fotos hinein und verschließt ihn mit dem Deckel. Ihn wieder an seinen Platz zurückzustellen will ihr jedoch nicht gelingen. Inzwischen haben die Bücher sich den freigewordenen Raum erobert. Beim besten Willen ist der Karton nicht mehr in dem Regal unterzubringen. Wie ein Fluch ist es, dass den einzig freien Platz entweder der Tisch in der Leseecke oder ihr Schreibtisch bietet. Zwischen beiden Möglichkeiten hin und her schwankend, entscheidet sie sich für den Schreibtisch.

Die Geister, die ich rief … verstehe, stellt sie fest, als sie den Karton absetzt.

Noch einmal betrachtet sie Annikas Foto auf dem Bildschirm ihres Laptops.

Die Ähnlichkeit ist verblüffend. Wie kann sowas sein? Vielleicht das Nordische. Anouks Vorfahren sind irischer Abstammung. Deshalb die für Südfranzosen seltenen blauen Augen in der Familie. Damit haben sie Barbara im katholischen Waisenheim zur Genüge aufgezogen. Ein untrügliches Zeichen der Zugewanderten. Zugewandert und Waise. Schlimmer kann es gar nicht sein, denkt sie, und ein Räuspern dehnt sich zu einem Hustenanfall aus.

Mehrere Minuten ringt sie mit dem trockenen Husten. Tränen schießen in ihre Augen. Angestrengt versucht sie, den unrhythmischen Atem in einen regelmäßigen Fluss zurückzuführen. Je stärker sie jedoch darum bemüht ist, desto mehr erliegt sie dem schmerzhaften Krampf, der ihr den Brustkorb zuschnürt. Die aufwallende Hitze treibt ihr die Röte ins Gesicht. Der Kopf vibriert, besinnungslos damit befasst, die verlorene Steuerung mit aller Macht wiederzuerlangen. Doch was sich festgesetzt hat, will sich nicht lösen.

Wie ein Schlag durchfährt sie der Gedankenblitz: Sollte es jetzt vorbei sein? Jetzt? Hier? Heute? An irgendeinem unbedeutenden Tag im Oktober 2006?

Nun gut. Dann ist es eben so, ergibt sie sich, erschöpft in den Sessel fallend. Allmählich findet der aufgewühlte Körper in seinen Rhythmus zurück. Noch unregelmäßig hebt und senkt sich der Brustkorb.

Alle großen Künstler gehen zum Sterben nach Paris. Maria Callas, Gertrude Stein, Frédéric Chopin, Marlene Dietrich … Barbara Benoit hingegen stirbt in einem Sessel in irgendeinem Dorf in der Nähe von Montpellier. Wie banal. Ein unspektakuläres Ende für eine triviale Autorin. Ich sollte mich sinnlos betrinken an der Seite eines jungen Liebhabers. Das gibt wenigstens eine Schlagzeile, überlegt sie, das Gesicht in den Händen vergrabend. Können sie mein Stück auch »Das Unvollendete« nennen. Allerdings so unvollendet, wie es derzeit ist, spielen sie es, wenn überhaupt, gerade einmal und dann nie wieder.

Nach und nach durchfahren Energiewellen ihren Körper. Zunächst im Bauchraum beginnend und von dort kreisförmig sich ausbreitend, bis schließlich der gesamte Leib davon erfasst ist. Die Augen geschlossen, gibt sie sich willenlos diesem Zustand einer aktiven Entspannung hin. Weder weiß sie woher noch weshalb dies mit ihr geschieht. Mit überwältigender Kraft wachsen in ihr wieder Zuversicht und Vertrauen in das eigene Tun. Kerzengerade im Sessel sitzend, öffnet sie die Augen. Sämtlicher Zweifel ist von ihr abgefallen. Als hätte jemand den Stein hinweggerollt und den Fluss der Gedanken damit freigesetzt, strömen Worte, Phrasen und ganze Handlungsstränge in ihr Bewusstsein. Alles erscheint auf einmal logisch, folgerichtig und absolut sinnvoll. Vor ihrem geistigen Auge erblickt sie das Gemälde des Dramas in leuchtenden Farben, jeder Pinselstrich wohl gewählt, jede Farbe harmonisch eingefügt auf einer Leinwand in dazu passendem Rahmen. Sie hatte nicht mehr daran geglaubt. Beinahe hätte sie, dem freien Fall nachgebend, jegliche Perspektive verloren. Ein Sturz ins Bodenlose. Noch rechtzeitig griff sie nach dem Ast des Baumes am Rande der Klippe, dem teuflischen Treiben Einhalt gebietend.

Zurück an ihrem Schreibtisch, betrachtet sie noch einmal das Foto Annikas, bevor sie damit beginnt, mit fließender Leichtigkeit die Sätze in den Laptop zu tippen.

Rastlos schreitet sie die schmale Gasse vor dem Theater auf und ab. Eine Zigarette nach der anderen rauchend, besieht sie sich wiederholt das Plakat in den beiden Schaukästen zur Rechten und Linken des Eingangs, denn etwas anderes gibt es in dieser Straße nicht zu sehen. Der kühle Nieselregen bildet einen rutschigen Film auf dem Asphalt. In den letzten Tagen näherten sich die Temperaturen stetig dem Nullpunkt. Ein wesentlicher Beweggrund, weshalb sie es vorzieht, im Süden zu leben. Wieder und wieder geht sie Text um Text und Dialog um Dialog durch, weiterhin nach dem bestmöglichen Ausdruck oder der treffendsten Pointe suchend, obwohl es längst zu spät dafür ist. Dem Publikum und den Kritikern obliegt die Entscheidung. Wie vor dem Gladiatorenkampf in der Arena fühlt sie sich zur Schau gestellt. Daumen hoch oder Daumen runter. Tod oder Leben. Sie vermeidet es, sich die Premiere ihrer Stücke selbst anzusehen. Ihre Hinrichtung durch die Kritiker erfährt sie früh genug durch die Artikel in der Presse der kommenden Tage.

»Madame Benoit. Kommen Sie! Schnell! Sie werden zum Applaus gerufen«, signalisiert ihr der hagere Mann vom Einlass und läuft ihr mit einem aufgespannten Schirm entgegen.

»Danke. Ich bin sowieso schon nass«, antwortet sie und tritt auf dem Gehweg gelassen ihre Zigarette aus.

Tosender Applaus hallt ihr schon im Foyer des Theaters entgegen. Hin und wieder unterbrochen durch einzelne Pfiffe und Jubelrufe. Aufrecht betritt sie die Bühne, um sich dem Publikum zu präsentieren. In der Mitte zwischen Schauspielern, Regisseur und Kostümbildnerin stehend, fühlt sie sich unwohl auf dieser herausgehobenen Position. Im grellen Gegenlicht der Scheinwerfer sucht sie die Menge nach bekannten Gesichtern ab, um in irgendjemandem einen vertrauten Rettungsanker zu finden, an dem sie sich in diesem Moment festhalten kann. Neben einem der Reflektoren bleibt ihr Blick an einer blonden jungen Frau auf dem zweiten Balkon haften.

Das ist …, fällt es ihr ein, als Philippe sie stürmisch umarmt.

»Großartig! Einfach großartig! Das ist das Beste, was du je geschrieben hast«, schwärmt er.

»Ja, ja«, wehrt sie ab.

Noch einmal verbeugt sich das gesamte Ensemble, bevor sich der Vorhang endgültig schließt und eine künstliche Trennwand zwischen Publikum und Bühne zieht.

»Der Kartenvorverkauf für die nächsten Vorstellungen liegt bei siebzig Prozent. Stell dir vor. Siebzig Prozent. Den Rest kriegen wir auch noch voll. Und das in der Vorweihnachtszeit. Das soll uns mal einer nachmachen«, freut sich Philippe.

»Besser nicht. Sonst wäre das Publikum nicht hier. Salut«, begrüßt Jean in seiner gewohnt galanten Art Philippe.

»Statt Blumen. Die magst du sowieso nicht. Eine Rarität aus meinem Weinkeller. Herzlichen Glückwunsch.«

Jean überreicht Barbara eine Flasche Rotwein und begrüßt sie mit einem Kuss auf die Wange.

»Merci beaucoup. Das wär doch nicht nötig gewesen. Du weißt, ich hasse Premieren«, reagiert sie schroff.

»Meine Liebe. Das ist das Ritual. Wie lange bist du im Geschäft? Immerhin dein zehntes Bühnenstück. Wie geht es dir?« pariert Jean gekonnt.

»Wie soll es mir gehen? Du kennst mich doch. Überall ein Zuviel. Ein Zuviel an Kaffee und Zigaretten, um mich wachzuhalten, ein Zuviel an Schlafentzug, ein Zuviel an mangelnden Sozialkontakten. Die Einsiedlerin vom Lande in Paris. Das könnte der nächste Titel sein. Was meinst du? Ein Roman oder ein Theaterstück? Oder endlich mal ein Drehbuch.«

»Immer schön die Reißzähne fletschen. Brav, brav. Ich hab uns einen Tisch im Café de l'homme reserviert. Ich denke, es gibt etwas zu feiern.«

***

Über Nacht sind die Temperaturen für Mitte Dezember ungewöhnlich angestiegen. Der Regen ist dem winterlichen Licht der Sonne gewichen. In diesen frühen Morgenstunden an einem Samstag bevölkern wenige Menschen die Straßen. Einige sind gerade auf dem Heimweg von einer der vielen Partys in der Stadt. Wenn sich Barbara das verwischte Make-up in müden Gesichtern und die demolierten Abendgarderoben an schlaffen Körpern besieht, gibt sie sich zu gern der Phantasie hin, woher diese Menschen kommen und wohin sie gehen. In welchem Bett werden sie aufwachen? Woran werden sie sich erinnern?

Im Schein des nächtlichen Partylichts war die Transe, die an ihr vorbeigeht, sicher die Diva im Club. Im enthüllenden Morgenlicht blättert die bunte Fassade und erlaubt einen ungeschminkten Anblick. Oder das junge Pärchen, das schläfrig auf der Bank der Bushaltestelle wartet. Beide halten die Augen geschlossen. Sie hat ihren Kopf auf seiner linken Schulter abgelegt. So müde, wie die beiden wirken, haben sie garantiert den einen oder anderen Bus bereits verpasst.

»Oh, bonjour, Madame Benoit. Ist es wieder so weit?« begrüßt sie die Bedienung in dem kleinen Bäckerladen freudig.

»Bonjour, Madame Chatel. Wie geht es Ihnen?« grüßt Barbara freundlich zurück.

»Oh, très bon. Darf es wie immer sein? Ein Kaffee, ein Baguette und einen Orangensaft?«

»Oui, merci. Ich setze mich raus. Haben Sie schon die Zeitungen da?«

»Oui, oui. Hängen dort. Nehmen Sie sie sich ruhig weg. Ich bringe Ihnen das Frühstück.«

An einem Garderobenständer hängen die verschiedenen Tageszeitungen. Barbara greift sich eine heraus und setzt sich damit an einen der kleinen Blechtische am Rand des Vorbaus. Zwei Heizstrahler erwärmen die wenigen eng gestellten Sitzgelegenheiten in diesem Zelt. Wenn sie in Paris ist, geht sie gern in diesen kleinen Laden unweit ihres Hotels im zweiten Arrondissement. Bei einer Tasse Kaffee liest sie in aller Ruhe die Zeitung, ab und an beobachtend, wie die Pariser ihre Geschäfte öffnen und manches Gespräch aufschnappend, wenn Passanten an dem Bäcker vorbeigehen.

»Voilá, petite déjeuner. Sie waren lange nicht hier«, sagt Madame Chatel.

»Stimmt. Ich war zu beschäftigt.«

»Bleiben Sie denn wenigstens ein paar Tage?«

»Mal sehen. Mache ich vom Wetter abhängig. Wenn's mir zu kühl und nass wird, bin ich lieber in Montpellier.«

»Dann lassen Sie es sich mal schmecken«, wünscht ihr Madame Chatel und geht zurück in den Laden, um die nächsten Kunden zu bedienen.

Neben dem Aufschlagen der Zeitung rührt Barbara mit dem Löffel den Milchschaum in ihrer Kaffeetasse unter. Schnell überfliegt sie Seite um Seite, mal bei dem einen, mal bei dem anderen Artikel haften bleibend. Da lässt sie eine Stimme, die ihr sehr vertraut ist, aufmerken. Als sie von ihrem Platz durch die Ladentür schaut, erkennt sie Annika. Am Tresen bestellt sie vier Croissants. Auf dem Weg zurück begrüßt Barbara sie.

»Salut, Annika.«

Annika, sichtlich erstaunt, stoppt an ihrem Tisch. Barbara legt die Zeitung weg, erhebt sich und streckt ihr die Hand entgegen.

»Oh, salut. Berlin? Holocaustmahnmal?« antwortet Annika, Barbaras Hand schüttelnd.

»Benoit. Barbara. Ich hatte mich Ihnen noch nicht vorgestellt. Wollen Sie sich einen Moment setzen? Oder haben Sie es eilig?« Sie bietet ihr einen Stuhl an.

»Na ja, mein Freund wartet aufs Frühstück. Aber auf einen Kaffee, ja, gern«, entscheidet sie sich und setzt sich Barbara gegenüber.

»Was machen Sie im Dezember in Paris?« fragt Barbara und trinkt einen Schluck Kaffee.

»Ein Geschenk von Daniel, meinem Freund. Das war das einzige Wochenende, an dem er kein Konzert hat. Einen Kaffee, bitte«, bestellt Annika.

»Er ist Musiker?« fragt Barbara interessiert.

»Ja. Bratschist an der Oper. Das Stück war übrigens hervorragend!«

»Danke. Dann habe ich mich gestern doch nicht versehen«, antwortet Barbara.

Madame Chatel bringt den Kaffee.

»Sie haben mich gesehen? Als Sie beim Applaus die Bühne betraten, habe ich Sie sofort erkannt. Das Foto im Programmheft war etwas unscharf. Trotzdem dachte ich mir schon, dass Sie es sein müssen. Boulevard ist ansonsten überhaupt nicht mein Ding. Aber es ist wirklich klasse geschrieben. Sie haben ein ausgesprochen gutes Gefühl für Rhythmus. Die Rollen waren natürlich grandios besetzt«, lobt Annika.

»Merci«, sagt Barbara mit einem Lächeln.

»Sie hatten damals gar nicht erzählt, dass Sie Autorin sind.«

»Nein. Wir kamen gar nicht dazu.«

»Ach, ich erinnere mich. Daniel. Er war schuld. Das Handyklingeln. Sie waren so schnell weg, dass ich Ihnen gerade noch meine Visitenkarte geben konnte. Stimmt«, erinnert sich Annika und schöpft mit dem Löffel den Milchschaum ab.

»Und Sie? Sind Sie inzwischen vorwärts gekommen mit Ihrer Doktorarbeit?« fragt Barbara und verstreicht die Butter auf dem Baguette.

»Wie man's nimmt. Eigentlich müsste ich mich viel mehr motivieren, zu schreiben. Langsam muss ich aufpassen. Ich versinke in Material. Nicht, dass die Stelle an der Uni ausläuft, bevor ich die Arbeit fertig habe.«

»Wie lange haben Sie noch Zeit dafür?«

»Bis Herbst 2008. Gut eineinhalb Jahre. Die Hälfte der Zeit ist schon rum.«

»Das Thema war, wenn ich mich richtig erinnere, der Holocaust?« fragt Barbara weiter und beißt in das Baguette.

»Ja. Das haben Sie sich gemerkt? Mich beschäftigt die Rolle Frankreichs. Ein Kapitel, das bisher viel zu ungenau, wenn überhaupt, behandelt wurde.«

»Klingt interessant.«

»Ist es. Besonders in dem Zusammenhang ist die Thematik Vichy-Regime und die Einrichtung von Auffanglagern für Juden, politische und andere Gegner des Nationalsozialismus in Frankreich. Lager, von denen aus Transporte direkt nach Auschwitz gingen. Zum Beispiel in Drancy, ganz in der Nähe von Paris, war so eines.«

Barbara schaut sie dabei einfach nur an. Ihr gefällt dieses lebendige Interesse, das regelrecht aus Annika hervorsprudelt.

»Trotzdem spricht kaum jemand über die Kollaboration. Eher liegt die Betonung auf der Résistance. Ein gefährlicher Trugschluss, finde ich. Letztendlich wäre eine so breit angelegte und präzise ausgefeilte Vernichtungsmaschinerie gar nicht möglich gewesen, wenn nicht jedes Land in Europa auf irgendeiner Ebene mitgespielt hätte. Sagten Sie nicht, dass Ihre Eltern Opfer waren?«

»Richtig. Das hab ich angedeutet«, antwortet Barbara kauend.

»Es waren aber keine Juden, oder?«

»Nein. Mein Vater war in der Résistance. Leider weiß ich nicht mehr darüber. Man erschoss ihn, als ich gerade zur Welt kam.«

»Und Ihre Mutter?« fragt Annika weiter.

»Tod durch Herzversagen«, sagt Barbara emotionslos.

»So haben Sie Ihre Eltern kaum kennengelernt?« stellt Annika mit Bedauern in der Stimme fest.

»Exakt. Vor Ihnen sitzt eine früh verwaiste französische Autorin. Nicht ganz das klassische Opfer des Faschismus, aber vielleicht wär das eine Geschichte für Ihre Dissertation. Sozusagen als Fallstudie«, bietet Barbara an und trinkt den Orangensaft in einem Zug aus.

»Ernsthaft? Ich darf Ihre Geschichte verwenden?« fragt Annika ungläubig.

»Wenn es Ihnen hilft. Bitte.«

»Ich könnte in den Archiven nach Ihrem Vater recherchieren. Die Geschichte und seine Rolle in der Résistance aufdecken.«

»Fangen Sie an, wann immer Sie wollen. Hier. Meine Kontaktdaten im Süden. Sie können auch jederzeit bei mir wohnen. Das Haus ist groß genug.« Barbara schiebt Annika ihre Visitenkarte über den Tisch.

»Danke. Vielen Dank. Das mache ich. Ich melde mich bei Ihnen, wenn ich absehen kann, wann ich Zeit habe. Oh, jetzt muss ich aber los. Daniel wird sich wundern, wo ich mit den Croissants geblieben bin«, springt Annika plötzlich von ihrem Stuhl auf.

»Darf ich Sie auf den Kaffee einladen?«

»Oh, gern. Merci. A bientôt, Barbara. Hat mich gefreut, Sie wiederzusehen. Ciao«, verabschiedet sich Annika und verlässt mit der Tüte Croissants in der Hand das Café.

Allmählich zieht Leben in die Straßen von Paris. Nachdem er das Eis in den Theken aufgeschüttet hat, entpackt der Fischverkäufer den frischen Fang und sortiert ihn schnell zu einem vielfältigen und umfangreichen Angebot. Der Inhaber einer Boutique besieht sich mit einem abschätzenden Blick seine Auslage im Schaufenster. In der Boulangerie herrscht Hochbetrieb, und die Floristin drapiert die prächtigen Blumen in allen denkbaren Farben vor dem kleinen Eckladen.

Zuletzt war sie über Ostern hier gewesen. Und dies geschah auch nur auf mehrfaches Drängen und Bitten von Marion. Denn seit Barbara Paris vor zehn Jahren den Rücken gekehrt hat, stattet sie der Metropole nur selten einen Besuch ab. Längst hat die Stadt das Flair verloren, das ihr einst innewohnte. Auf engstem Raum zusammengepfercht, eilen Bewohner und Touristen gleichermaßen durch die Gassen und hinterlassen Abfall und Gestank. Die quirlig-kreative Lebendigkeit ist dem gehetzten, tristen Alltag gewichen.

Ein Regenschauer lässt sie in der Galerie Vivienne Unterschlupf suchen.

»Barbara? Ich glaub's ja nicht. Salut«, spricht sie von hinten eine grauhaarige Frau an, die sie um einen Kopf überragt.

»Marion. Ich dachte, du bist in Mexiko«, wundert sich Barbara.

»Dachte ich auch. Aber das ist eine lange Geschichte. Du bist wegen der Premiere hier, nicht? Und? Wie lief's?«

Marion wirkt in dem Rock, der bis zum Boden reicht, und der weiten Leinenbluse, die sie darüber trägt, noch größer, als Barbara sie in Erinnerung hatte. Dezent betont der Mascara die langen Wimpern zu den braunen Augen in ihrem alterslosen Gesicht. Die grauen Haare trägt sie als einen undefinierbaren Kurzhaarschnitt, bei dem sich Barbara jedes Mal fragt, welcher Friseur sich daran ausprobiert.

»Passabel. Die Kritiken sind noch nicht raus.«

»Die Kritiken. Wer liest schon die Kritiken. Ganz die Alte! Du bist an allen vorbeigezogen und trotzdem nie zufrieden.«

Mit einem einfachen Schulterzucken erspart sich Barbara eine Antwort.

»Bin gerade auf dem Weg zum Marokkaner. Endlich den Stuhl abholen.«

»Einen Stuhl?« fragt Barbara stirnrunzelnd.

»Ja. Der hat so einen antiken tibetischen Mönchsstuhl. Ich will gar nicht wissen, wo er den herhat. Den habe ich seit Jahren gesucht. Komm mit«, fordert sie Marion auf, den Laden zu betreten.

»Einen Mönchsstuhl aus Tibet«, schüttelt Barbara den Kopf und folgt Marion, die bereits in dem Laden verschwunden ist.

Eine Welt aus Möbeln, Teppichen und allerhand kleineren und größeren Dekorationsgegenständen aus verschiedenen Ländern offenbart sich Barbara in dem vollgestellten Raum. Ob der Messingleuchter an der Decke, die Jugendstilanrichte in der Mitte, in der Porzellan und Glas bunt durcheinander gewürfelt stehen, oder die hässlichen Ölbilder an den Wänden, an jedem noch so winzigen Stück hängt ein Preisschild. Ein System kann Barbara nicht entdecken.

»Ich liebe diesen Laden«, schwärmt Marion.

»Das kann ich mir denken«, sagt Barbara mit hochgezogener Augenbraue.

Die verrückte, lebenslustige Marion. Sie hat sich nicht verändert. Indessen Barbara anständig studierte, ließ Marion keine Gelegenheit aus, alles auszuprobieren. Einerseits bewundert Barbara ihre leichtfertige Lebensweise, andererseits lehnt sie sie strikt als untragbar für sich ab.

»Er holt ihn gerade von hinten. Ich hatte ihn mir vor ein paar Tagen reservieren lassen«, flüstert Marion ihr ins Ohr.

»Wenn er sich auf die paar wertvollen Stücke beschränken würde, könnte dieser Laden durchaus etwas Ansprechendes haben«, bemerkt Barbara kritisch.

»Der Mann ist ein Genie. Ich schau hier mindestens einmal in der Woche rein, und du glaubst es nicht – ich finde immer etwas.«

»Hm. Obwohl es schon eine Leistung ist, in diesem Chaos fündig zu werden. Was macht zum Beispiel dieser Stein dort zwischen den Buchstützen und der Kupferwärmflasche?« wundert sich Barbara.

»Der steht da für dich«, antwortet Marion wie selbstverständlich.

»Das ist ein Labradorit, Madame. Ein sehr seltenes Gestein. Handgeschliffen«, reicht ihr der dunkelhäutige Verkäufer den Stein.

»Nein, danke. Ich wollte hier bestimmt nichts kaufen«, lehnt Barbara ab.

»Nehmen Sie ihn in die Hand. Betrachten Sie die außergewöhnliche Schönheit. Dieser hier hat besonders viele blaue Adern«, fährt der Verkäufer fort und legt den Stein in Barbaras linke Hand.

Der dreieckige Stein füllt ihre gesamte Hand aus. Obwohl relativ schwer, schmiegt er sich mit seiner gesamten Fläche an. Unweigerlich streicht Barbara mit ihrer rechten Hand über die glatte Oberfläche auf der einen Seite des Steines. Glanzlos und schroff wirkt die unbearbeitete Rückseite, die erst bei genauerem Hinsehen spektralfarben schimmert.

»Er kommt aus Madagaskar«, antwortet der Verkäufer, Barbaras Frage vorausahnend.

»Ganz klar. Der gehört zu dir«, sagt Marion mit einem Augenzwinkern.

»Was kostet er?« fragt Marion den Verkäufer.

»Hundertfünfzig. Aber ich mach Ihnen einen Freundschaftspreis: hundert.«

»Einhundert Euro für einen Stein?« empört sich Barbara.

»Wie Sie wollen, Madame. Aber so ein Stück werden Sie wohl nirgendwo mehr finden für diesen Preis. Diese Steine können ausschließlich per Hand geschliffen werden. Der Preis steigt und steigt. Handarbeit ist nun mal teuer. Was soll ich machen?« verteidigt er sich.

»Vielen Dank«, sagt Barbara und stellt den Stein wieder an seinen Platz zurück.

»Was sagst du dazu?« präsentiert Marion stolz den Mönchsstuhl.

»Nicht schlecht. Aber er wackelt. Hier unten ist das Holz wurmstichig. Offenbar falsch gelagert. Neu beziehen solltest du ihn außerdem«, kommentiert Barbara ernüchternd.

»Ja, ja. Aber stell dir vor, der ist neu bezogen und aufgearbeitet. Was meinst du?«

»Handel einen vernünftigen Preis aus. Wir treffen uns draußen. Bonjour, Monsieur«, verabschiedet sich Barbara und flüchtet aus dem Geschäft.

Wieder auf der Straße vor dem Eingang der Passage atmet sie tief durch. Es hat aufgehört zu regnen. Der Himmel ist über und über bedeckt mit grauen Wolken, die den nächsten Regen in sich tragen.

»Wieso bist du gegangen?« fragt Marion, den Stuhl über eine Schulter gehängt.

»Wie viel hat er dir abgeknöpft?« fragt Barbara zurück.

»Er ist siebzig Euro runtergegangen. Was hast du? Ist doch egal. Ich hab ewig danach gesucht.«

»Um ihn für das Doppelte aufzumöbeln«, setzt Barbara in ihrer Empörung fort.

Marion schüttelt den Kopf. »Was soll's. Geld ist dazu da, um es auszugeben. Da drüben steht mein Auto. Auf einen Kaffee wirst du doch wohl Zeit haben?«

Und schon hat Marion die Straße überquert und müht sich damit ab, den Stuhl im Kofferraum unterzubringen.

»Vielleicht solltest du es so probieren«, schlägt Barbara vor und hat mit zwei, drei Handgriffen den Stuhl im Auto verstaut.

»Danke. Steig ein.«

»Wieso eigentlich jetzt ein Mönchsstuhl statt Mexiko?« fragt Barbara mit schrägem Blick vom Beifahrersitz aus.

»Adrian hat Krebs. Zu spät entdeckt. Die Flüge waren bereits gebucht«, antwortet Marion kurz angebunden, das Lenkrad mit beiden Händen fest umfassend.

»Ich dachte, ihr seid geschieden.«

»Ich kann ihn unmöglich in dieser Situation allein lassen. Stop it! Ich weiß schon, was du sagen willst«, erhebt Marion, Barbaras Argumentation abwehrend, eine Hand.

»Aha, was denn?«

»Was war vor fünf Jahren? Hat er sich da irgendeinen Gedanken um dich gemacht? Es war ihm scheißegal, wie und ob du klarkommst. Eben die ganze Litanei.«

»Scheint, als hätte ich recht.«

»Recht! Dir geht es immer um Recht! Er ist krank und braucht mich.«

»Ja, und du springst sofort herbei, wenn Monsieur ruft.«

»Was soll ich denn tun, um Himmels willen?«

»Nach Mexiko fliegen«, antwortet Barbara trocken.

»Auch wenn wir geschieden sind, wir sind kirchlich getraut«, beharrt Marion.

»Jetzt komm bloß noch damit. Wie in guten so in schlechten Tagen. Marion, ich bitte dich! Wir leben im Land der Aufklärung und Revolution gegen solchen Unfug«, entrüstet sie sich.

»Du hast gut reden! Du hast dich ja nie festgelegt.«

»Soll das ein Vorwurf sein?«

»Die kurze Episode mit Fréderic war ja schnell beendet. Und danach?«

»Hatte ich meine Freiheit und zu tun. Ich gebe dir einen Rat: Flieg nach Mexiko!« sagt Barbara mit betontem Ernst in der Stimme.

Einer der Punkte, in dem sie sich grundsätzlich unterscheiden: Marion kann nicht allein sein. Vor sich davonrennend, flüchtet sie immer in die Arme irgendeines Kerls, für den sie sich bis zum Letzten aufopfert. Für Barbara war das Thema Partnerschaft in dem Augenblick beendet, als Fréderic eines Morgens die Tür hinter sich schloss, um nie wieder zurückzukehren. Solange er ihre Unterstützung brauchte, genügte sie. Mit seinem Aufstieg in der Klinik aber wendete sich das Blatt. Plötzlich war sie nicht mehr adäquat und seiner Familie ein Dorn im Auge. Eine damals unbedeutende Künstlerin aus dem Waisenheim passte nicht zum angehenden Chefarzt der Herzchirurgie aus einer tradierten Linie von Ärzten und Juristen.

»Er braucht mich. Es geht nicht. Nein«, widerspricht Marion.

»Mach, was du denkst.«

»Ich könnte mir das nie verzeihen, wenn er leidet, und ich amüsier mich in den Tempelanlagen der Mayas«, erklärt Marion ihre Haltung.

»Lass mich bitte an der Ecke raus.«

»Kein Kaffee? Willst du nicht sehen, wie der Stuhl wirkt?«

»Es ist Rot. Wir hören voneinander. Ciao«, verabschiedet sich Barbara und springt aus dem Auto.

»Meld dich, wenn du wieder in Paris bist«, ruft Marion ihr hinterher.

Barbara schaut dem Wagen nicht einmal nach, sondern geht geradewegs zur Treppe, die zum Ufer der Seine herabführt. Als sie ihre Tasche öffnet, um sich eine Zigarette herauszunehmen, entdeckt sie darin ein dreieckiges Bündel, auf dem ein Zettel klebt.

»Der Stein kommt zu dir. Nie umgekehrt«, liest sie.

Vorsichtig wickelt sie den Labradorit aus dem Krepppapier. Ein einzelner Sonnenstrahl, der durch die Wolkendecke bricht, bringt den Stein zum Glänzen.

Marion, Marion. Stets für andere da, aber nie für sich selbst, denkt sie und betrachtet den funkelnden Labradorit, der wie maßgeschneidert in ihrer Hand ruht.

Und was mache ich jetzt damit? fragt sie sich und wickelt den Stein wieder in das Papier, um ihn in der Tasche zu verstauen.

Wohin? überlegt sie weiter.

Am Ufer der Seine herrscht sehr wenig Betrieb. Sie lenkt ihre Schritte zur Île de Cité. Je mehr sie sich der alles überragenden Kathedrale nähert, umso häufiger kreuzen Touristen ihren Weg. Auf dem Vorplatz von Notre Dame hat der Sturm an einem der letzten Tage die Weihnachtstanne ihrer Spitze beraubt. Vor dem grauen Hintergrund der Fassaden und des Himmels wirkt der halbe Baum mit den großen roten Kugeln daran spärlich und erbärmlich. Es ist ihm nicht gelungen, Farbe in die Stadt zu bringen. Dem Strom der Touristen folgend, findet sie sich plötzlich im Kirchenschiff wieder. Dezenter Weihrauchduft steigt ihr in die Nase. In einem der Seitengänge ist die Krippe vollständig aufgebaut.

Das tönerne heilige Paar mit seinem Kind in einer Krippe aus Holz und Stroh liegend, dazu die Weisen aus dem Morgenland mit ihren Gaben und die Hirten mit einigen Rindern und Schafen. Ein friedliches Idyll, das den lädierten Weihnachtsbaum vor dem Portal vergessen lässt.

Geläut schallt durch die Kirche. Nacheinander ziehen Messdiener und Priester aus der Sakristei ein. Obwohl sich Barbara geschworen hatte, nie wieder einen Fuß in einen katholischen Gottesdienst zu setzen, ist es dennoch verlockend, das Spektakel anzusehen. Denn eines muss sie den Katholiken neidlos zugestehen: Die Inszenierung ist einfach besser. Ganz gleich ob Kirche oder Theater, immer noch ringen Teufel und Gott um die Seelen der Hiobs und Fausts in der Kirchbank oder im Parkett. Wer dabei wen befruchtet – das Theater die Kirche oder umgekehrt –, ist nicht eindeutig verifizierbar. Elemente von beidem finden sich sowohl in dem einen als auch in dem anderen. Puccini zum Beispiel treibt die Bigotterie des Katholizismus in seiner Oper TOSCA auf die Spitze. Am Ende des ersten Aktes stimmt der Polizeihauptmann Scarpia scheinheilig in den Lobgesang ein und empfängt vom Kardinal den Segen, nur eines dabei denkend: »Tosca, dein Reiz macht, dass ich Gott vergessen.« Eine Messe auf der Opernbühne wäre zu früheren Zeiten undenkbar gewesen. Für Barbaras Begriffe ist es jedoch ein Vermächtnis der Aufklärung, dass mit

Hilfe der Religion nicht mehr diese Gewalt ausgeübt werden kann.

Im Altarraum lässt sie sich auf einem der Stühle nieder. Sogleich tritt ein buckliger, ältlicher Küster an sie heran, um ihr den grünen Liedzettel zu überreichen. Der wohlbeleibte Priester predigt von der Kanzel herab über das heilige Paar. Dabei verfolgt er einen überraschend neuen Ansatz: Er betont die Rolle Josephs. Nicht Maria steht im Mittelpunkt, sondern der Mann, der, als er die Nachricht erhielt, in seinem fortgeschrittenen Alter Vater eines unehelichen Kindes zu werden, zunächst das Weite suchen wollte. Etwas unbeholfen wirkt auf Barbara dieser angestrebte Versuch der Gleichberechtigung. Aber hinsichtlich der Perspektive auf die wohl bekannteste Geschichte ist das dramaturgisch höchst interessant. Denn schließlich werden für Josephs Engagement zur Erlösung der Menschheit keine Statuen zur Anbetung auf den Altären der Kirchen errichtet.

Die Orgel setzt dröhnend zur Choralbegleitung an. Als wollte sie sie übertönen, singt die blasse Seniorin neben Barbara mit kratzig-krächzender Stimme aus voller Kehle. Jedes Gefühl abklemmend, presst sie die Töne heraus. Zwischendurch räuspert sie sich und wirft dem Organisten einen giftigen Blick zu.

»Unmöglich. Viel zu hoch. Nicht im Takt. Sicher eine Aushilfe. Oder der Schüler von Monsieur Franck«, beschwert sie sich leise bei Barbara. »Keinen Sinn für die Musik. Und sowas will Kantor werden.«

Barbara schaut sie kommentarlos an.

»Singen Sie nicht mit?« empört die Dame sich.

Barbara hatte inzwischen ihren grünen Liedzettel zu einem Segelboot gefaltet.

»Bitte. Für Sie. Für das nächste Lied: Es kommt ein Schiff geladen. Bonsoir, Madame«, verabschiedet sich Barbara und überreicht ihr das Papierschiffchen.

»Das ist Blasphemie, Madame! Sie gehen vor dem Vaterunser.«

»Wenn Ihnen so an meinem Seelenheil gelegen ist, will ich Sie nicht davon abhalten, um die Vergebung meiner Sünden zu bitten.«

Aus dem erstarrten Gesichtsausdruck der Dame liest Barbara jedoch, dass sie wohl zu keinem samaritischen Dienst fähig sein wird.

Eine überdimensionierte Kirche – und kein Raum zum Luftholen.

Der halbe Tannenbaum auf dem Vorplatz wirkt auf sie erholsam in seiner Unvollkommenheit. Wind und Regen zerrten an ihm, fügten ihm sichtbare Verletzungen zu, und dennoch liegt auf ihm ein wahrhafter Schimmer von Würde und Glanz. Er hat allem Wetter getrotzt und wird es weiter tun, schutzlos den Gewalten ausgeliefert. Wenn sie sich konzentriert, kann sie den harzigen Duft wahrnehmen. Eingewickelt in ihre Mäntel und Schals eilen die Pariser über den Platz. Mit Einkäufen für das bevorstehende Fest und das Wochenende beladen, werfen sie kaum einen Blick auf den Baum. Sollte sich tatsächlich ein Augenpaar zu ihm verirren, folgt ein spöttischer oder schlimmstenfalls ein gespielt mitleidiger Kommentar. Nein, diese Tanne verkörpert mit Sicherheit nicht die ideale Feststimmung. Gnadenlos steht er für eine Wirklichkeit, die allzu gern verschleiert wird. Das Fest der Harmonie und Freude gipfelt im Wahn des Schenkens, Essens und dem unbedingten Perfektionismus. In jedem Jahr muss die vergangene Weihnacht übertrumpft werden, um jedes Mal erneut festzustellen, dass das angestrebte Ideal ohnehin nicht zu erreichen ist. Zurück bleibt das fade Gefühl, alles getan zu haben und doch gescheitert zu sein. Wie eine Inszenierung, in der die Beteiligten ihr Bestes geben, aber selten mit ihrer Leistung zufrieden sind. Strebt sie nicht selbst mit jedem ihrer Stücke diese Perfektion an? Sollte sich tatsächlich einmal das Gefühl von Zufriedenheit einstellen, ist dies eher schemenhaft. Schnell verfliegt es wie Rauch im Wind, keinerlei Spur und Wirkung hinterlassend. Was bleibt, ist die Gier, diesen Rauch länger zu halten, ihn greifen zu können, diese Ahnung zu einer Gewissheit zu machen. Von Zeit zu Zeit ist es ihr gelungen, dass der Rauch sich nicht sofort auflöst, sondern eine Weile verharrt. Zu selten aber sind diese Momente, als dass sie sie bestätigen könnte. Eher flackert gerade in solchen Augenblicken der Zweifel auf und zerfetzt mit seinen Reißzähnen jegliches Gebilde, einen hässlichen Lochteppich hinterlassend. Wie sie es auch dreht und wendet, nimmt sie teil an diesem sisyphotischen Streben nach Vollkommenheit. Sei es auch lediglich auf diese Ebene begrenzt.

Was nun? denkt sie, einer laut zeternden Krähe hinterher sehend.

Das unwirtliche Wetter hat nur vereinzelt Händler und Käufer an das Ufer der Seine gelockt. Sie versuchen, über alte Postkarten, Bücher, Emailleschilder und häufig nichtssagende Graphik und Malerei miteinander ins Geschäft zu kommen.

Innerhalb von Sekunden ist es an diesem Ort möglich, in eine andere Zeit einzutauchen. Zumeist in das 20. Jahrhundert. Hin und wieder findet sich durchaus ein älteres, wertvolles Stück unter all dem Plunder und den Souvenirs.

Nichts Spezielles suchend, stöbert Barbara mal an dem einen, mal an dem anderen Stand. Als sie eines der Bücher durchblättert, rutscht eine Postkarte heraus und fällt auf das nasse Pflaster zu ihren Füßen.

»Excusez-moi, Madame. Was kostet sie?« Barbara hält der Händlerin die Karte mit den Regenflecken darauf hin.

»Nehmen Sie sie. Die hatte ich gar nicht im Verkauf. Ist bald Weihnachten«, antwortet ihr die unscheinbare Frau, indessen sie fröstelnd ihren Stand zusammenräumt.

»Merci, Madame«, bedankt sich Barbara.

»Drancy«, liest sie und betrachtet das schwarzweiße Foto vom Alten Rathaus und der Kirche aus den 20er Jahren. Kein Text steht auf der Rückseite.

Jemand muss diese Fotografie als Lesezeichen verwendet haben, arbeitet es in ihr weiter, während sie die Postkarte in ihre Tasche packt.

Das Wasser läuft in perlenden dünnen Strahlen vom Kopf zu ihren Füßen hinunter. Mit den Händen fährt sie durch ihre Haare. In gleichmäßigen Wellen durchströmt die angenehme Wärme den zwar zierlichen, aber muskulösen Körper. Als hätten die Lebensjahre und das viele Sitzen am Schreibtisch ihm kaum etwas anhaben können, hat er die Elastizität und beinahe jugendliche Spannkraft bewahrt. Diese unvergleichliche Eleganz, die durch ein Abendkleid ebenso hervorgehoben wird wie durch die legere, aber nie nachlässig gewählte Alltagsgarderobe.

In wenigen Wochen muss sie den nächsten Roman abliefern. Vor ein paar Monaten hat sie in Berlin der Presse Versprechungen gemacht, die sie fürchtet, nicht erfüllen zu können. Etwas Neues, noch nie Dagewesenes kündigte sie an. Bedenkt sie ihre Worte, kommen sie ihr heute vermessen vor. Worte, unbedacht gewählt in einem Moment des Affekts.

Es muss mit mir durchgegangen sein, maßregelt sie sich selbst und wickelt sich in ein großes Badetuch.

Da durchreißt das Klingeln des Telefons ihren Gedankenfluss.

»Oui, allô«, meldet sie sich.

Als sie die vertraute Stimme am anderen Ende der Leitung vernimmt, stockt ihr der Atem.

»Oui … selbstverständlich … Wann Sie wollen. … Montag … Perfekt … Wann landen Sie? … Ich hole Sie ab … Ich mich auch. Bis Montag«, beendet sie das Gespräch.

Im Spiegel besieht sie ihr Gesicht mit den Augen, deren neuerlicher Glanz an einen klaren Gebirgsbach erinnert. Wissende Augen, die sich nicht so ohne Weiteres täuschen lassen. Sie kann sich nicht erklären, in welcher Geschichte sie sich seit Berlin befindet. Eine Ahnung wird jedoch zunehmend zu einer Gewissheit: Es ist kein Spiel. Kein Abenteuer. Es wird kein leichter Weg. Aber es bestätigt sich das Empfinden einer Art Wahrhaftigkeit, nach der sie ihr ganzes Leben suchte, obgleich sie sich nie als Suchende betrachtete.

Mit federnden Schritten steigt sie die Treppe herab.

An diesem Samstagmorgen im Februar scheint die Sonne schon etwas höher durch die Fenster und erhellt die untere Etage des alten Hauses mit einem kühlen Licht. Der Labradorit auf dem

Schreibtisch wirft einen blaugrünen Schimmer auf das weiße, unbedruckte Papier.

Ja, es ist alles bereit, denkt sie, den Rauch ihrer Zigarette gegen den Sonnenstrahl blasend. Wohin es auch führt.

Licht und Rauch verschmelzen zu einem lange im Raum stehenden wolkigen Gebilde frei jeglicher Form, zum Greifen nah und doch nicht fassbar.

Die Anzeige im Terminal blinkt auf.

»Gelandet«, liest Barbara mit sichtlicher Erleichterung.

Das Fliegen wird ihr nicht vertraut. Trotz aller gegenteiliger Meldungen und Meinungen zu diesem Thema hält sie, wenn sie es kann, einen gebührenden Abstand zu den blechernen Ungetümen, die den Himmel durchkreuzen. Eine subtile Angst vor den unkalkulierbaren Faktoren, die ihr niemand ausreden kann. Sie muss das Schicksal nicht herausfordern, obwohl sie kaum behauptet, übermäßig an ihrem Leben zu hängen. Dass es ein Widerspruch ist, hat sie wohl bemerkt. Selbigen aufzuklären hat sie gar nicht erst versucht.

Die milchigen Glasschiebetüren öffnen sich lautlos. Nacheinander strömen Geschäftsleute, Studenten und Touristen in die Halle. Eine größere Gruppe kommt heraus. Mittendrin Annika. Selbst ohne Foto würde Barbara sie sofort in jeder Menge entdecken, sei diese auch noch so groß und unübersichtlich. Die äußere Erscheinung ist dabei unwesentlich. Denn nach dieser zu urteilen, wäre sie bei Annika, die ständig ihren Kleidungsstil wechselt, ohnehin schlecht beraten.

»Salut, Barbara. Ça va?« begrüßt Annika sie mit einem strahlenden Lächeln.

»Oui, oui, ça va«, antwortet Barbara schnell. Sie fühlt sich ertappt, da sie nicht mitbekommen hat, dass Annika bereits vor ihr steht. »Willkommen in Montpellier«, überspielt sie die kleine Irritation und reicht ihr die Hand.

Der sportliche Zweisitzer gleitet über die Straßen durch die Landschaft des südlichen Winters vorbei an weiten Feldern und unbelaubten Bäumen.

»Sind Sie schon einmal hier gewesen?« fragt Barbara und mustert Annika mit einem kurzen Blick von der Seite.

»Nein«, antwortet sie zögernd. »Kommt mir nur so vor, als wär ich schon einmal hier gewesen.«

»Wieso sprechen Sie ein so ausgezeichnetes Französisch?«

Annika zuckt mit den Schultern. »Wenn ich Ihnen das erklären könnte. Keine Ahnung. Sprachgenies hat's in unserer Familie nicht gegeben.«

»Wie ist das eigentlich? Ist Französisch schwer erlernbar?«

»Da fragen Sie die Falsche. Ich hab nie begriffen, warum die anderen in meiner Klasse sich abgemüht haben. Aber klar. Ja. Das ist nach wie vor die landläufige Auffassung. Bei Französisch werden gleich sämtliche Blockaden, die Sie sich denken können, errichtet.«

»Ich habe es immer abgelehnt, Deutsch zu lernen. Ab und an bereue ich es, wenn ich Wagner höre. Oder Goethe im Original muss grandios klingen«, überlegt Barbara laut und biegt in die Auffahrt, die zu ihrem Grundstück führt, ein.

»Da vorn ist es«, zeigt sie auf ihr Anwesen.

»Ist ja traumhaft. Wie eine Insel.«

»Insel?«

»Ja, sieht aus wie eine Insel. Mit dem Garten. Das Haus. Wie in die Natur hineingesetzt, aber nicht fremd«, sagt Annika begeistert.

So hat Barbara es noch nie betrachtet. Manchmal erscheint es ihr eher wie ein Stein am Bein, das kostet und kostet, aber dennoch langsam über ihr zusammenfällt. Unablässig nagen Hitze und salzige Luft an ihrem Domizil. Um nicht daran zu verzweifeln, hat sie zumindest in dieser Beziehung jeden Gedanken an Perfektion aufgegeben.

»Und das halten Sie alles allein in Schuss?«

»Wenn Sie mit ›in Schuss halten‹ die hilflosen Reparaturversuche meinen, nein«, sagt Barbara und reicht ihr die Reisetasche aus dem Kofferraum. »Ein Nachbar aus dem Dorf, Thierry, kommt ab und zu vorbei.«

»Ach der, der Sie inspiriert.«

Entsetzt schaut Barbara sie an.

»Das haben Sie nicht etwa aus der Zeitung?«

»Stand in einer Rezension zu Ihrem letzten Buch. Ich fand das so schräg. Das prägt sich ein.«

»Allerdings.«

Obwohl Barbara das Gebaren der Presse seit einigen Jahrzehnten kennt, ist sie wieder aufs Neue erstaunt über die Dummheit der Journalisten. Wie Hyänen fallen sie über jeden Bissen her, den man ihnen hinwirft, und prüfen noch nicht einmal, ob der Brocken möglicherweise unverdaulich oder verdorben ist.

»Bitte. Treten Sie ein«, fordert sie Annika auf.

Zurückhaltend betritt diese das alte Haus.

»Ich führe Sie gleich ins Gästezimmer. Tee oder Kaffee?«

»Kaffee wäre klasse.«

Sogleich verschwindet Barbara in der Küche, um den Kaffee anzusetzen.

»Schauen Sie sich ruhig um. Bin sofort bei Ihnen«, ruft sie.

Langsam geht Annika in das Arbeitszimmer. Ihr Blick schweift über die Regale, die überquellen von Büchern in verschiedenen Sprachen, über den Sessel und Tisch in der Leseecke, auf dem ein Stoß Papier und ein Stift liegen, über den großen Schreibtisch, auf welchem der Laptop eingebettet in Türmen aus Büchern und Papier steht. Auf dem Kaminsims funkelt ein großer Stein und bringt Farbe in den eher dunklen Raum.

»Der Stein ist wunderschön.«

»Nehmen Sie ihn ruhig«, sagt Barbara, die unbemerkt den Raum betreten hat.

Annika schüttelt den Kopf.

»Mir wurde gesagt, es ist ein Labradorit. Bitte. So können Sie ihn nicht richtig betrachten.« Barbara reicht ihr den Stein.

»Ein sensibler Stein.« Annika lässt sich darauf ein, das Mineral in die Hand zu nehmen. »Obgleich magmatischen Ursprungs, ein bisschen Wärme oder Kälte zu viel, und er ist hin«, erklärt sie und fährt mit einem Finger vorsichtig über die unebene Rückseite des Steines.

»Sie kennen sich aus?«

»Viel zu wenig. Dieser hier ist kein Heilstein, auch kein Edelstein, aber sehr zerbrechlich. Eine Mischung aus zwei Mineralien. Das macht ihn so verletzbar. Sorgen Sie gut für ihn. Er ist wie ein Lebewesen. Schenken Sie ihm Aufmerksamkeit, und er wird Sie Ihnen doppelt zurückgegeben«, sagt sie und legt den Stein in Barbaras Hand.

»Aufmerksamkeit von einem Stein? Ich interveniere«, wehrt diese sich.

»Bleibt Ihnen überlassen. Schließlich ist er zu Ihnen gekommen.«

»Zu mir gekommen?«

Das Unverständnis steht Barbara ins Gesicht geschrieben.

»Ja. Ein Stein kommt immer zu einem«, wiederholt Annika mit fester Selbstverständlichkeit.

»Es war in Paris. Im Dezember. Nach der Premiere meines letzten Stücks. Er stand in einem chaotischen Antikladen. Passte überhaupt nicht hinein. Wahrscheinlich ist er mir deshalb aufgefallen.«

»Und dann haben Sie ihn gekauft«, stellt Annika fest.

»Schlimmer. Ich wollte ihn nicht. Viel zu viel Geld für einen Stein. Außerdem hatte ich keinen Platz dafür. Nein. Marion muss ihn gekauft haben. Fragen Sie mich bitte nicht, wie der Stein in meine Tasche gekommen ist. Da fand ich ihn nämlich«, erzählt Barbara und gießt dabei den Kaffee ein.

»Marion«, wiederholt Annika.

»Eine uralte Freundin. Wir haben zusammen studiert. Sie hat aber nie etwas aus ihrem Studium gemacht. Mal hieß er Jean, dann Roland und, wenn er nicht inzwischen gestorben ist, heißt er gerade Adrian. Milch?«

»Gern.«

»Adrian soll Krebs haben. Mehr weiß ich nicht und interessiert mich auch ehrlich gesagt nicht. Sie sind geschieden und leben getrennt. Ich habe ihn zwei-, dreimal gesehen. Das war's. Nicht unbedingt sympathisch.«

Annika nimmt das gerahmte Foto vom Schreibtisch und betrachtet es genauer.

»Anouk. Meine Mutter«, erklärt Barbara knapp und trinkt einen großen Schluck Kaffee.

»Sie ist sehr schön. Und so jung.«

»Da muss sie etwa Mitte zwanzig gewesen sein«, entgegnet Barbara.

»Anouk. Klingt irisch.«

»Meine Großeltern waren Iren. Kennengelernt habe ich sie nie. Wollen Sie jetzt Ihr Zimmer sehen?«

»Bon.«

»Bitte. Hier entlang. Nach oben«, dirigiert Barbara sie durch das Haus.

»Sie wohnen bestimmt schon lange hier«, bemerkt Annika, die Stufen erklimmend.

»In den Neunzigern bin ich hergezogen. Das Leben in Paris war mir zu turbulent, um zu schreiben. Einverstanden?« Barbara präsentiert ihr das Zimmer im Dachgeschoss.

»Phantastisch. Danke«, strahlt Annika.

Ein Lächeln, das aus ihrem ganzen Wesen zu kommen scheint und Barbara seit dem ersten Moment ihrer Begegnung berührt.

»Das Bad ist gleich nebenan. Richten Sie sich erst einmal ein. Wenn Sie etwas brauchen, Sie finden mich unten«, sagt sie schnell und steigt schon die Treppe herab.

»Barbara«, ruft ihr Annika hinterher.

»Oui?« stoppt sie kurz.

»Danke, dass ich hier sein darf. Vielen Dank.«

Barbara nickt leicht und setzt ihren Weg fort.

***

»Haben Sie Lust auf einen Spaziergang?« fragt Barbara Annika mit einem aufmunternden Lächeln.

»Gute Idee«, antwortet diese, während sie die Treppe herunterkommt.

Schweigend nehmen sie den Weg durch den Garten hinunter zum Strand.

»Grandios! Einfach grandios«, entfährt es Annika.

Und kaum, dass Barbara es bemerkt, hat sie die Schuhe schon in der Hand und ist mit den Füßen im Wasser.

»Kommen Sie. Es ist nicht kalt.«

»Lassen Sie es gut sein. Passen Sie lieber auf.«

In gebührendem Abstand betrachtet Barbara, wie Annika durch das Wasser watet und sich ab und an nach einem Steinchen bückt, um ihn sodann weit über das Meer zu schleudern oder ihn über die Oberfläche springen zu lassen.

»Keine Sorge. Ich bin abgehärtet. Aber das Wasser ist wirklich nicht kalt«, erwidert Annika und kommt zu ihr zurück.

Bis zu den nassen aufgekrempelten Hosenbeinen benetzt der Sand ihre Füße und Beine.

»Was treibt Sie dazu, über den Holocaust zu schreiben?« fragt Barbara im Gehen.

»Ich weiß nicht. Vielleicht der Wahnsinn, der dahinter steht. Und die Schuld, die uns belastet«, antwortet Annika achselzuckend.

»Schuld?« fragt Barbara mit hochgezogener Augenbraue. »Inwiefern fühlen Sie sich schuldig?«

»Auf unserem Boden ist das doch alles passiert.«

»Wohl kaum. Werden Sie genauer«, fordert Barbara sie auf und zündet sich dabei eine Zigarette an. »Oh, pardon. Wollen Sie auch?«

»Nein, danke.«

»Was ist Schuld für Sie?«

»Überall hängt uns Deutschen unsere Geschichte an. Wir sind Täter.«

»Sie bezeichnen sich als Täter?«

»Worauf wollen Sie hinaus?«

»Bravo! Ihre erste Frage, seit Sie hier angekommen sind«, lächelt Barbara sie an. »Fangen Sie endlich an, Fragen zu stellen. Sie geben Antworten über Antworten. Eine Ansicht folgt der nächsten. Damit legen Sie sich von vornherein fest.«

Einen Moment lang weiß Annika nicht, was sie darauf entgegnen soll.

»Sie wissen eine ganze Menge. Aber gerade dann sollten Sie darin nicht verharren. Wer sagt Ihnen denn, dass es nicht auch ganz anders sein kann? Wer definiert die Wirklichkeit? Wer bestimmt, was wahr ist und was nicht?«

»Aber Sie können nicht abstreiten, dass es Täter und Opfer gibt«, entgegnet Annika.

»Es gibt ein Prinzip ›Täter-Opfer‹. Das stelle ich gar nicht in Abrede. Aber hüten Sie sich davor, allzu schnell eine Schublade aufzuziehen und sich selbst eine Schuld zuzuweisen, die nicht die Ihre ist. Vielleicht ist der Begriff ›Schuld‹ diesbezüglich überholt.«

»Überholt?«

»Ja. Was löst das Wort bei Ihnen aus? Was spricht es an in Ihnen?«

»Ein Gefühl. Mein Gewissen«, versucht Annika eine Antwort zu geben.

»Wieso fühlen Sie sich für etwas schuldig, das Sie nicht getan haben?«

»Automatisch. Wir wurden in Geschichte mit den Zahlen der Opfer konfrontiert. Und der Faschismus nahm in Deutschland seinen Anfang.«

»Suggestion. Sie übernehmen eine Suggestion, ohne diese genauer zu hinterfragen.«

»Aber warum sollte ich sie hinterfragen? Es sind Tatsachen«, verteidigt sich Annika.

»Mag sein. Kann Ihnen jemand diese Tatsache, dass Sie sich schuldig gemacht haben, bestätigen? Sie lassen eine Suggestion Macht über sich gewinnen. Macht, die in Ihnen ein Gefühl der Schuld entstehen lässt. Damit geben Sie die Steuerung ab, werden lenkbar.«

Barbaras Bemerkung macht Annika nun vollends sprachlos.

»Keine Tatsache ist so unumstößlich, dass es sich nicht lohnen würde, sie zu hinterfragen.«

***

»Sie sind schon auf?« fragt Annika, als sie das Arbeitszimmer am Morgen betritt.

»Bonjour. Haben Sie gut geschlafen?« Barbara lehnt sich zurück und nimmt die Brille ab. »Ich schlafe wenig. Ich habe Sie hoffentlich nicht gestört?«

»Hab geschlafen wie ein Stein. Ist schön ruhig hier.«

»Das freut mich. Hunger?« Und schon springt Barbara auf und geht in die Küche. Auf dem alten Holztisch steht ein Korb mit Baguettes, Marmelade und Butter.

»Kaffee, richtig?« versichert sich Barbara und gießt ihn in die Becher, Annikas Bestätigung nicht abwartend.

»Milch?«

Verneinend schüttelt Annika den Kopf.

»Habe ich Sie gestern sehr schockiert?«

»Ich weiß nicht recht. Mir ist immer noch nicht klar, worauf Sie hinauswollen.«

»Dann warten Sie es ab«, sagt Barbara und beißt genussvoll in ein mit Marmelade und Butter bestrichenes Baguette.

»Was soll ich abwarten? Sie sollten wissen, dass Geduld nicht meine Stärke ist.«

»Meine auch nicht. Das macht gar nichts.«

Innerlich muss Barbara unwillkürlich schmunzeln, als sie sieht, dass in Annika ein einziges Fragezeichen wächst.

»Sie müssen Ihre Dissertation zu Ende bringen, und ich schreibe einen Roman. Sie recherchieren die Fakten, ich verarbeite sie in fiktiver Form. Ein Thema. Zwei Herangehensweisen. Zwei verschiedene Bearbeitungen. Sie erreichen die Leser auf der sachlichen, ich auf der emotionalen Ebene. Lassen Sie uns beginnen«, fasst Barbara zusammen.

»Ein jeder tut das, was er nicht kann«, bemerkt Annika leise.

»Wie bitte?«

»Ein jeder tut das, was er nicht kann«, wiederholt Annika lauter und fester.

»Was meinen Sie damit?«

»Wir üben uns genau auf dem Gebiet, das uns im Grunde fremd ist.«

»Die Schriftstellerei ist mein Beruf. Wie können Sie da behaupten, dass ich mich darin üben würde?« fragt Barbara verdutzt.

»Haben Sie sich jemals gefragt, weshalb Sie Schriftstellerin sind?«

»Wozu?«

»Sie haben mich aufgefordert, Fragen zu stellen. Also: Warum schreiben Sie?«

»Darüber habe ich nie nachgedacht«, muss Barbara eingestehen.

Annika bestreicht ein Baguette mit Marmelade.

»Ihre Eltern waren Anouk und …?«

»Paul. Anouk und Paul Benoit. Außer einem Schuhkarton mit ein paar Postkarten, Briefen und einem Opernprogramm habe ich keine weiteren Informationen, wie ich Ihnen in Paris bereits mitteilte.«

»Sind sie hier beerdigt?«

»Selbst das kann ich Ihnen nicht sagen. Wahrscheinlich ist es so. Höchstwahrscheinlich sogar.«

»Spannend«, entgegnet Annika und beißt in ihr Baguette.

»Es wird einige Zeit in Anspruch nehmen, zu recherchieren. Wann wollen Sie beginnen?«

»In meinen Semesterferien im Sommer. Was halten Sie davon, wenn ich die Ferien hier bei Ihnen verbringe?« schlägt sie vor.

»Abgemacht«, willigt Barbara sofort ein. »Ah, Thierry. Jetzt lernen Sie die Quelle meiner Inspirationen kennen«, spöttelt sie, als sie durch das Fenster Thierry über die Auffahrt herankommen sieht.

»Salut! Was für ein Empfang«, begrüßt Thierry Barbara, die ihm, noch bevor er klopfen kann, die Tür öffnet.

»Bonjour. Alles in Ordnung?«

»Bestens, bestens. Du hast Besuch?«

»Ja, komm rein. Auch einen Kaffee?«

»Merci, die Dame«, sagt Thierry, während er sich die Schuhe abstreift, die Jacke ordentlich an die Garderobe hängt und die Mütze ablegt. »Oh, und so einen attraktiven Besuch. Bonjour, Mademoiselle? Ist's recht?« wendet er sich Annika zu und gibt ihr einen wechselseitigen Kuss auf die Wangen.

»Schon in Ordnung, Monsieur. Annika. Salut.«

»Annika. Schöner Name. Nicht von hier. Und was verschlägt Sie in diese Einöde?« fragt Thierry weiter und setzt sich an den Tisch.

»Du nimmst dir einfach«, sagt Barbara und schenkt Thierry einen Becher Kaffee ein.

»Merci, merci. Hab schon gefrühstückt.«

»Wir werden zusammen arbeiten«, übernimmt Barbara die Antwort.

Thierrys sichtliche Aufmerksamkeit für Annika löst in Barbara ein Gefühl aus, das ihr fremd ist. Sie ahnt es, kann es jedoch nicht benennen. In ihrem Magen grummelt es, und ihr ist es gar nicht recht, dass Thierry wie selbstverständlich an ihrem Frühstückstisch sitzt.

»Zusammen arbeiten? Wie muss ich mir das vorstellen?«

Annika und Barbara sehen einander an und verfallen in ein unwillkürliches, herzhaftes Lachen.

»Hab ich was Falsches gesagt?« reagiert Thierry irritiert.

»Nein, nein«, antwortet Annika noch immer lachend.

»Wir wissen selbst nicht, wie das gehen wird«, erklärt Barbara, die sich wieder ein wenig gefangen hat.

»So, so. Ihr tut also etwas, von dem ihr selbst nicht wisst, was ihr da eigentlich tut«, bringt es Thierry auf den Punkt.

»So haben wir es noch nicht gesehen, aber sicher, ja, so ist es«, konstatiert Barbara.

»Klingt kompliziert. Ist das so ne Art Experiment?« fragt er weiter und schlürft den Kaffee aus seinem Becher.

»Ein Experiment«, wiederholt Annika nachdenklich.

»Was sind Sie?« fragt er Annika.

»Historikerin.«

»Hui«, pfeift Thierry anerkennend. »Mädels, kein Schimmer, was das wird. Aber ich freue mich, so eine interessante Frau hier zu treffen. Dann sehen wir uns bestimmt öfter?« Thierry lässt seinen Charme spielen.

»Im Juli. Im Juli kommt Annika her«, antwortet Barbara schnell.

Schärfe mischt sich in ihre Stimme. Eine Schärfe, die Thierry signalisieren soll, dass er stört.

»Merci für den Kaffee. Ich empfehle mich«, verabschiedet er sich. »Und wenn Sie frischen Fisch brauchen, finden Sie mich im Hafen, fünfhundert Meter von hier. Bonjour, Mademoiselle Annika. A bientôt.«

Und schon ist er auch wieder weg.

»Jetzt kennen Sie Thierry«, sagt Barbara mit einem hörbaren Seufzer.

Sie ist froh darüber, dass er sich nicht länger bei ihnen aufgehalten und ihre Signale offenbar verstanden hat.

»Kauziger Kerl. Ist doch witzig«, sagt Annika, die mit angezogenen Beinen auf dem Stuhl sitzt.

»Typischer Südfranzose. Sehen sie blond, werden sie lebendig.«

Einen Moment lang blicken sie sich in die Augen.

»Ein Experiment«, sagen beide gleichzeitig und brechen in prustendes Lachen aus.

Ein Experiment, denkt Barbara dabei und genießt diesen unbeschwerten Moment. Diesen Moment, den sie ausdehnen und wiederholen möchte. Zugleich mischt sich in die Leichtigkeit der nagende Zweifel: Wie wird es sein, wenn Annika im Juli bei ihr einzieht? Wird sie die Nähe ertragen können? Die Nähe eines Menschen, der ihr vertraut und gleichzeitig fremd ist? Was wird geschehen? Sie sieht das offene Lachen in Annikas Gesicht und wischt die Zweifel weg.

Ein Experiment. Ja, ich wage ein Experiment.

Alle Fenster des alten Hauses sind weit geöffnet. Eine seichte Brise vom Meer vertreibt die Dumpfheit aus jedem Winkel. Zu den beschwingten Klängen des ersten Satzes von Mendelssohns Konzert für Violine und Orchester in e-Moll ist Barbara in der Küche zugange, als sie vom Fenster aus Annika mit ihrem Kleinwagen die Einfahrt hochfahren sieht. Sie summt die Melodie mit und zerlegt dabei die Fischfilets in Stücke.

»Bonsoir«, begrüßt Annika sie, an den Rahmen der Küchentür gelehnt.

»Bonsoir. Und? Hatten Sie Erfolg?«

»Wie man's nimmt. Abgesehen von der vertrockneten Dame im Archiv, die mir einen ellenlangen Bogen zum Ausfüllen mitgegeben hat, dem Strafzettel für Falschparken in der Fußgängerzone und der gefühlten Hitze von mindestens vierzig Grad in der Innenstadt, war's recht nett in Montpellier«, antwortet sie sichtlich erschöpft.

»Mögen Sie indisch? Thierry hat heute Fisch gebracht.«

»Klingt gut. Bevor ich irgendwas essen kann, brauch ich erst einmal eine Abkühlung.«

»Es dauert noch ein bisschen. Machen Sie ruhig.«

»Okay. Ein Sprung ins Wasser. Bin gleich wieder da«, sagt Annika und geht schnellen Schrittes die Treppe zum Gästezimmer hoch. Bereits wenige Augenblicke später läuft sie mit einem Handtuch um die Schultern gelegt durch die Terrassentür und den Garten hinunter zum Strand.

Barbara schaut ihr lächlend hinterher.

»Jetzt geht's mir besser. Das riecht gut. Was ist es?« Annika steht mit nassem Haar, barfuß, bekleidet mit einer Jeans und einem Top neben Barbara und hält ihre Nase über die Pfanne.

»Fisch-Curry. Ein Rezept, das mir ein Inder auf einer meiner letzten Reisen verraten hat. Hier. Probieren Sie mal«, fordert Barbara sie auf, ihr den Holzlöffel mit einer Kostprobe hinhaltend.

»Hm ... très bon ... Sie waren in Indien? Wann?«

»Ist lange her.«

»Steht Ihnen übrigens ausgezeichnet«, lobt Annika ihre farbenfrohe Leinenbluse.

»Ach ... ich brauchte etwas Leichtes bei der Wärme. Die hängt schon ein paar Jahre im Schrank«, versucht sie das Kompliment abzuschwächen.

»Ich hab Sie noch nie so gesehen. Très chic.«

»Nehmen Sie bitte das Tablett mit dem Geschirr?« lenkt Barbara von sich ab.

»Bien, Madame. Aber dann erzählen Sie von Indien. Das interessiert mich«, sagt Annika und nimmt das Tablett.

»Da gibt es eigentlich nicht viel zu erzählen«, weicht Barbara aus und folgt Annika mit der Pfanne in der einen und dem Topf mit dem Reis in der anderen Hand auf die Terrasse.

»He, Sie waren in Indien. Ich kenne niemanden, der dort war und nicht irgendetwas Besonderes erlebt hat.«

»Wenn Sie meinen, dieses Land hätte mich verändert, muss ich Sie leider enttäuschen. Ich habe weder eine transzendente Erfahrung gemacht, noch habe ich eine spezielle Form des Yoga gelernt, um mein Karma zu verbessern.«

»Schade. Yoga ist gesund«, entgegnet Annika und verteilt das Geschirr und die Bestecke.

»Ich weiß nicht, was daran gesund sein soll, in der Hocke sitzend, die Fußsohlen mit aller Mühe auf den Boden zu drücken. Und das schließlich bei geradem Rücken. Absolut sinnlos«, spöttelt Barbara, den Weißwein in die Gläser gießend.

»Muss denn alles immer einen Sinn haben?« fragt Annika verunsichert.

»Zumindest ist das Leben zu kurz, um es mit solch blödsinnigen Übungen zu verbringen. Welchen Nutzen haben sie? Am Ende reißen einem die Bänder oder Sehnen. Und dann?« Barbara füllt den Reis auf die Teller.

»Na ja, wenn Sie in Indien waren … glauben Sie an Reinkarnation?«

»Welch schrecklicher Gedanke. Ein Leben reicht. Noch einmal alles von vorn? Nein, danke. Ich nicht«, wehrt Barbara rigoros ab.

»Ich finde die Idee gar nicht so übel. Ich habe garantiert schon mehrere Vorleben gehabt.«

»Sagen Sie jetzt bloß, Sie waren in Leben 324 Elizabeth I. oder in Leben 147 Moses aus Ägypten, weil Ihr Hypnosetherapeut Sie so einzigartig für sechzig Euro die Stunde in Trance versetzen konnte. A santé«, erhebt Barbara das Glas.

»Santé«, erwidert Annika zurückhaltend. »Wieso kennen Sie sich so gut aus, wenn Sie dem ganzen so ablehnend gegenüberstehen?«

»Man muss den Feind kennen, um ihn besiegen zu können. Bon appétit.« Barbara breitet die Stoffserviette auf ihrem Schoß aus.

»Aussi, merci«, nickt Annika nachdenklich.

»Was haben Sie denn heute nun herausfinden können?« wechselt Barbara das Thema.

»Den Einblick ins Sterberegister von 1944 und 1945 habe ich beantragt. Weiter bin ich nicht gekommen.«

»Und die Eintragungen in der Gemeinde?«

»Das ist ein Problem. Ich hab nur Paul Benoit gefunden. Anouk ist nicht verzeichnet.«

Schweigend führt Barbara eine Gabel mit Reis und Fisch zum Mund.

»Der Pastor meinte, es wäre wohl keine kirchliche Bestattung gewesen.«

Weiterhin schweigend, trinkt sie ihren Wein.

»Ich habe sie auf dem hinteren Teil des Friedhofs gefunden. Der Teil, auf dem Nicht-konfessionelle und Selbstmörder liegen.«

Barbara lehnt sich zurück.

»Sie sagten, sie sei gestorben. Das kann nicht sein. Sie ist Paul zuliebe zum Protestantismus konvertiert. So scheidet die erste Variante, weshalb sie von Paul getrennt auf diesem Teil des Friedhofs bestattet ist, aus.«

Barbara zündet sich eine Zigarette an. Annika beobachtet sie dabei herausfordernd. Den Kopf leicht in den Nacken gelegt, entzieht sich Barbara dem Blick.

»Wie ist sie gestorben?«

Hörbar bläst Barbara den Rauch in die Luft.

»Eine Packung Schlaftabletten mit Schmerzmitteln aufgelöst in einem 42er Bordeaux«, antwortet sie geradeheraus, bevor sie den nächsten Zug nimmt.

»Aber Sie waren …«

»Ein halbes Jahr alt. Mir hat der Cocktail nicht geschmeckt. Lag vielleicht an der Milch«, vollendet sie mit nüchterner Klarheit den Satz.

Annika fällt das Besteck klirrend auf den Teller.

»Kommen Sie mir nicht mit Reinkarnation oder einem Leben nach dem Tod. Das Leben ist anstrengend genug. Wenn es vorbei ist, ist es vorbei. Ein Paradies. Wer sollte darüber entscheiden, wer Zutritt hat und wer nicht? Dieses ganze religiöse

Gewäsch.« Energisch drückt sie ihre Zigarette aus.

»Was ist dann mit Ihnen passiert?« fragt Annika vorsichtig nach einer Zeit des Schweigens.

Inzwischen hat Barbara das Essen fortgesetzt.

»Ich kam zu ganz liebreizenden Nonnen in ein Waisenheim in der Nähe von Montpellier. Eine Protestantin unter Katholiken – das konnte nicht gut gehen.«

»Und Ihre Großeltern? Oder andere Verwandte?«

»Keiner aus den Familien hätte sich je für das Kind aus dieser unerwünschten Verbindung interessiert. Jedenfalls hat sich nie jemand gemeldet, obwohl das Waisenheim alle erdenklichen Anstrengungen unternahm, um mich loszuwerden.«

»Haben Sie nach Angehörigen der Familien gesucht?«

»Wozu? Wissen Sie, in einer solchen Einrichtung lernen Sie eins für Ihr Leben: Sie kommen allein auf diese Welt, und Sie gehen allein von dieser Welt. Aus dem, was dazwischen liegt, müssen Sie das Beste machen. Ich habe mich immer nur auf mich selbst verlassen. Ich bin niemandem Rechenschaft schuldig, und ich bin niemandem etwas schuldig geblieben.«

»Aber manchmal ist es doch auch einfach nur schön, sein Leben mit jemandem teilen zu können.«

»Um dann nach kurzer Zeit aus der Illusion zu erwachen und festzustellen, dass es doch wieder in die gleiche Ausgangssituation führt? Mit einer Änderung: Ich bin um eine weitere Erfahrung von Streit, Eifersucht und einige andere nette Dinge reicher. Da ich die aber bereits in Kindheit und Jugend zur Genüge gesammelt habe, kann ich darauf gut und gerne verzichten. Da lebe ich lieber allein.«

»Das klingt einsam.«

»Ich sprach von *allein*, nicht von einsam. Ich fühle mich sehr wohl dabei«, betont Barbara.

»Gab es nie etwas oder jemanden in Ihrem Leben, das oder der Sie absolut fasziniert hat?«

»Nein. Es gibt nichts Neues unter der Sonne. Alle Geschichten, die heute gelebt und erzählt werden, haben die Griechen bereits verfasst. Als Kind habe ich mich in die antike Sagenwelt vertieft. Wenn Sie Dramaturgie studiert hätten, wie ich, würden Sie meine Haltung nachvollziehen können. Vielleicht wechseln die Medien, aber wirklich neu ist nichts.«

Schweigend isst Annika die letzten Bissen Fisch mit Reis.

»Hat's Ihnen geschmeckt?« fragt Barbara mit einem Anflug von einem Lächeln.

»Danke. Ausgezeichnet. Fisch in dieser Kombination habe ich noch nie gegessen. Sie kochen gern?«

»Mein persönlicher Ausgleich zum Schreibtisch. Beim Gemüseputzen kommen mir oft die besten Ideen. Das Essen selbst ist mir nicht wichtig. Aber irgendwann fordert es schließlich der Körper. So verbinde ich Kreativität mit Nützlichem«, erklärt Barbara, erleichtert über den Themenwechsel.

»Das gibt im Herbst wieder die Schlagzeile in Frankreich: Barbara Benoits Roman – inspiriert vom Filetieren des Fischs«, amüsiert sich Annika.

»Solange sie ihn in der Kritik nicht ebenso zerlegen, ist es mir egal, was sie schreiben«, entgegnet Barbara, die Teller zusammenräumend.

***

Bekleidet mit einem Hemd, kommt Annika gähnend die Treppe herunter. Das alte Haus ist vom Sonnenlicht durchflutet.

»Bonjour, Barbara et Annika. Bon appétit. Komme am Nachmittag auf einen Kaffee bei Euch vorbei. A bientôt, Thierry«, steht in eckigen Lettern auf dem Zettel unter der Kaffeetasse.

»Ich komme am Nachmittag bei euch vorbei«, spricht sie halblaut nach.

Müde bestreicht sie eine Baguettehälfte mit Butter und Thierrys Brombeerkonfitüre. Mit Brot und Kaffee tritt sie auf die noch schattige Terrasse und setzt sich in den Strandkorb. Der Himmel ist sommerlich klar in einem bestechenden Hellblau. Ein Taubenschwänzchen flirrt aufgeregt zwischen den dichten roten Blütenständen des Oleanderbuschs hin und her. Mit schnellem Flügelschlag sich in der Luft haltend, zapft es mal diese und mal jene Blüte an, um danach in hohem Bogen über das Haus fortzufliegen und nach einer Weile wieder zurückzukehren.

»Ah, ein Taubenschwänzchen. Davon gibt's zu dieser Jahreszeit Hunderte. Wie war Ihre Nacht?«

Barbara ist auf die Terrasse herausgetreten. Im Gegensatz zu Annika ist sie perfekt gekleidet. Obwohl sie eine unruhige und überwiegend schlaflose Nacht verbracht hat, ist ihr dies äußerlich nicht anzumerken.

»Wie leicht diesem geflügelten Wesen das Fliegen fällt. Sich ausschließlich um das Jetzt und Hier sorgend, steigt es auf und betrachtet die Welt stets aus einer neuen Perspektive. Einen Sommer lang vollkommene Freiheit. Die kurze Lebensspanne in ihrer Absolutheit auskostend«, denkt Annika laut, indem sie aufmerksam den Schmetterling beobachtet.

»Es läuft dabei aber immer Gefahr, gefangen und gefressen zu werden«, erwidert Barbara.

»Vielleicht kennt es die Gefahr nicht. Wohingegen wir uns gegen alles versichern und in jeder Hinsicht absichern wollen. Und dabei sind wir auch noch überzeugt davon, wir täten das Richtige. Stolz auf unseren Verstand und dessen exzellente Funktion, planen wir uns zu Tode.«

»Unser Leben umfasst mehr als die paar Sommermonate.«

»Aber wir sind noch nicht einmal in der Lage dazu, zum Beispiel diese paar Monate wirklich zu leben. Verstehen Sie, was ich meine?«

»Was heißt denn wirklich zu leben?« fragt Barbara. In ihr brodelt es. Die Anwesenheit der jüngeren Frau macht sie gereizt. Die Freude auf die gemeinsame Arbeit und Zeit ist einem Gefühl des Zuviel gewichen. Kleinigkeiten stören sie an diesem Morgen, wie das T-Shirt, das Annika achtlos am Abend über den Sessel in ihrer Leseecke geworfen und immer noch nicht weggeräumt hat. Und nun will sie ihr etwas über das Leben erzählen. Das erscheint ihr absurd.

Nachdenklich beißt Annika in das Marmeladenbrot.

»Ich weiß es nicht. Ich sehe lediglich, dass wir allzu schnell dabei sind, das Jetzt zu vergessen. Wir planen, sichern uns ab, jagen Prinzipien hinterher, die uns gar nicht entsprechen. Und darüber vergehen die Jahre.«

»Mag sein, dass ein Schmetterling nicht plant. Aber ganz ohne Ordnung kommen weder Natur noch Mensch zurecht. Oder meinen Sie, in der Natur gibt es eine Anarchie?« fragt Barbara forsch.

»Darum geht es nicht.«

»Nein? Worum dann? Wenn alle im Hier und Jetzt leben und danach handeln würden, wäre das Anarchie. Ganz klar.«

»Was nutzt uns das ewige Hinterherjagen nach Richtig und Falsch, Gut und Böse? Wir stellen irgendwann einmal Werte auf und entwickeln dazu Regeln und Gesetze zu deren Einhaltung und Verteidigung. Aber die Welt verändert sich«, stützt Annika ihre These.

»Ohne Werte keine Gesellschaft. Sie bilden das Fundament. Und selbstverständlich braucht es Gesetze, die dazu beitragen, dass die einmal gefassten Werte auch eingehalten werden.«

Auf Barbaras Stirn bilden sich senkrechte Falten, die zwischen den Augenbrauen schmal beginnen und im Aufsteigen tiefer und breiter werden.

»Aber wird nicht allzu oft der Wert an sich über das menschliche Bedürfnis gestellt?« fährt Annika mutig fort.

»Sie kommen aus Berlin, ehemals Preußen. Die Werte, die in Preußen nicht nur propagiert wurden, sind zum großen Teil aus Frankreich übernommen. Ein jeder so, wie er es vermag.«

»In Treu und Glauben für Kaiser, Gott und Vaterland? Meinen Sie das? Das hieß es doch für die Mehrzahl der Bevölkerung. Ging es tatsächlich um eigene Interessen?«

»Wenn wir in einer Gesellschaft leben, kommen wir nicht umhin, der Gesellschaft dienen zu müssen«, beharrt Barbara auf ihrem Standpunkt.

»Aber nicht um jeden Preis. Und nicht so, dass mir das Rückgrat bricht unter der Last, die mir aufgebürdet wird. Wofür? Wofür?« redet sich Annika in Rage. »Was hat es Ihrem Vater gebracht, für die Résistance zu kämpfen?«

»Er hat wahrscheinlich vielen Menschen das Leben gerettet.«

»Hat er das?« fordert Annika sie heraus.

»Natürlich! Wenn es Menschen wie ihn nicht gegeben hätte, wären die Nazis nicht besiegt worden. Was soll also diese Frage?«

»Sie haben mich dazu angehalten, Fragen zu stellen. Sind die Nazis wirklich besiegt? Hat er Menschen das Leben gerettet?«

»Wollen Sie etwa den Sinn und Zweck der Résistance in Frage stellen?« Barbara ist fassungslos.

»Nein, nicht den Sinn und Zweck der Résistance. Er hat sein Leben gegeben für ein Ideal und gleichzeitig das Leben der Menschen zerstört, die ihn liebten.«

Ein minimales Zucken um die Mundwinkel verrät Annika, dass Barbara dieser Satz getroffen hat. Die Contenance wahrend, ist dies der einzige Hinweis auf Barbaras innere Anspannung.

»Lassen Sie uns mit der Arbeit beginnen. Thierry will am Nachmittag vorbeikommen. Das reduziert die Zeit zum Schreiben erheblich.«

Kaum hat Barbara diese Aufforderung ausgesprochen, ist sie bereits im Arbeitszimmer verschwunden.

»Einen Augenblick. Ich geh schnell unter die Dusche«, kündigt Annika im Vorbeigehen an und schließt schon die Badezimmertür hinter sich.

Barbara setzt die Brille wieder ab und lehnt sich zurück. Die Beine streckt sie übereinander geschlagen unter den Schreibtisch und zündet sich eine Zigarette an. Durch das Fenster sieht sie die Möwen scheinbar ziellos durcheinander fliegen.

Wer bist du? schießt es ihr durch den Kopf, als sie das Bildnis Anouks neben ihrem Laptop genauer mustert.

Aus dem Bad hört sie das Rauschen der Dusche.

Gleichzeitig hat er das Leben der Menschen zerstört, die ihn liebten, wiederholt Barbara in Gedanken Annikas Worte.

Zum Wasserrauschen mischt sich mal leiser, mal lauter Annikas Gesang. Wesentlich tiefer als im Sprechen singt sie mit wohlklingender Stimme eine Melodie, die Barbara nicht betiteln kann. Welche Worte sie zur Melodie singt, kann sie nicht verstehen. Der Zugang zum Deutschen ist ihr noch immer verschlossen.

Welchen Klang hatte deine Stimme? fragt sich Barbara weiter.

So wie Anouk auf diesem Foto in die Kamera schaut, muss es ihr Spaß bereitet haben, fotografiert zu werden. Ihr Lächeln scheint den Betrachter herausfordern zu wollen.

1941. Krieg und Lebenslust. Wie geht das zusammen? sinniert sie.

Der erste Satz. Ich brauche einen ersten Satz, überlegt sie weiter.

Seit Tagen findet sie keinen Anfang. Keinen Anfang für den Roman. Während Annika zwar langsam, aber stetig in ihren Recherchen voranschreitet, starrt sie auf das leere Dokument auf dem Bildschirm ihres Laptops. Je mehr Annika in ihrer Arbeit aufgeht, desto unzufriedener wird Barbara über ihre eigene Leistungsunfähigkeit. Noch kann sie diesen Zustand gut kaschieren und Annika die erfolgreiche, inspirierte Autorin vorgaukeln. Doch wie lange? Wie lange kann sie sie noch mit den ausweichenden Bemerkungen hinhalten, wenn Annika sie darum bittet, einen Teil des Geschriebenen lesen zu dürfen? Warum fühlt sie sich in ihrer Nähe zunehmend ungenügend und blockiert? Diese Blockade, die in Berlin begann, die sie kurzfristig lösen konnte, und die sich nun offenbar verstärkt. Was geschieht hier?

Das Rauschen der Dusche ist nicht mehr zu hören. Annikas Gesang füllt störungsfrei das Bad und dringt von dort aus in das restliche Haus. Ein Lächeln legt sich auf Barbaras Gesicht, das die sonst erstarrten Züge weicher erscheinen lässt. Mit halb geschlossenen Augen und gesenktem Kopf genießt sie die Lösung der Anspannung. Beinahe sieht es so aus, als ruhe ihre linke Wange in einer unsichtbaren Hand.

»Fertig. Beginnen wir mit dem Grundgerüst?«

»Was?« schreckt sie hoch.

Sie hat Annika nicht herankommen hören.

»Mit dem Aufbau«, sagt Annika.

»Das ist unklug. Ihr Aufbau wird ein anderer sein als meiner. Nein. Lassen Sie uns erst zusammentragen, was wir an Hintergrundinformationen haben.«

Schnell findet Barbara in die gewohnte Arbeitshaltung zurück. In dem Moment, in dem sie die Brille aufsetzt, verändert sich ihr Habitus wieder zu der disziplinierten und zielstrebigen Autorin. Eine Rolle, die sie sich einst angeeignet hat und ausgezeichnet beherrscht und die ihr bisher gute Dienste geleistet hat. Als wäre nichts geschehen, beginnen sie mit ihrer Arbeit.

***

»Blumen für die Damen«, begrüßt Thierry sie charmant, der den Weg vom Strand durch den Garten genommen hat, nun im Arbeitszimmer steht und seine Mütze zieht.

»Ist es schon so weit?« fragt Barbara anstelle einer Begrüßung.

»Wie man es nimmt. Laut Sonnenstand und Uhr würd ich sagen: später Nachmittag. Allerdings, wenn ich störe ...«

»Nein, nein, schon gut. Wir haben wohl die Zeit vergessen.«

Barbara steht von ihrem Stuhl auf und kämpft mit einigen Bewegungen gegen die Steifheit in Rücken und Gliedern.

»Ich setze Kaffee auf.«

»Wie geht es Ihnen? Die sind aber schön«, sagt Annika beim Anblick der Blumen.

»Vom Floristen aus dem Dorf. Hab die schönsten ausgesucht«, sagt er leicht errötend und drückt Annika den Strauß unbeholfen in die Hand.

»Ich stell sie gleich ins Wasser.«

»Was macht die Kunst?« fragt er, Annika hinterherlaufend.

»Es geht voran. Hattest du einen guten Fang?« antwortet Barbara aus der Küche.

»Viel Mist dabei. Ist zurzeit nicht gerade üppig. Willst du wieder Krabben haben?«

»Wenn du genügend hast. Gern«, erwidert Barbara, während sie Tassen und eine Schale mit Gebäck auf ein Tablett stellt.

»Vielen Dank für das Frühstück heute Morgen«, sagt Annika, während sie die Blumen einzeln in die Vase stellt und sortiert.

»Ich hatte Marmelade gemacht und dachte mir, ich bring sie gleich vorbei«, erklärt er schüchtern.

»Hier. Trägst du das mal eben raus«, weist Barbara ihn schroff an, indem sie ihm das Tablett in die Hände drückt.

Annika folgt ihm mit der Vase auf die Terrasse. Gemeinsam decken sie den Tisch ein.

»Und? Gefällt es Ihnen hier?«

»Sagen Sie jetzt nichts Falsches«, greift Barbara vorweg und gießt schwungvoll den Kaffee ein.

»Es ist traumhaft. Wenn die Arbeit nicht wäre, könnte ich mich glatt wie im Urlaub fühlen«, schwärmt Annika.

»Schau an«, entgegnet Thierry und wirft ihr einen bewundernden Blick zu. »Lässt sie Sie denn überhaupt in Reichweite des Wassers kommen?«

»Keine Sorge«, sagt Barbara und nimmt Annika die Antwort ab.

Thierry beugt sich zu Annika hinüber und flüstert ihr ins Ohr: »Sie kann nicht schwimmen, müssen Sie wissen.«

»Stimmt das?«

»Unfug. Selbstverständlich habe ich schwimmen gelernt. Aber in diesen Tümpel steige ich nicht.« Barbara ärgert sich über seine Distanzlosigkeit.

»Tümpel?« reagiert er perplex.

»Du wirst zugeben müssen, dass dies nicht der Atlantik ist.«

»In den würdest du noch viel weniger steigen. Davor habe selbst ich Respekt.«

»Wieso sind Sie dann hierher gezogen?«

»Das Haus war preiswert, und ich wollte raus aus Paris. Ganz einfach«, erklärt Barbara ein wenig zu schnell.

»Erzähl doch nichts. Du hättest dir ebenso ein Haus an der Westküste kaufen können. Mittelmeer ist harmloser«, hakt Thierry ein.

In seiner Einfachheit legt er den Finger in die Wunde. Sie hat sich zwar ein Haus am Meer zugelegt, ohne jedoch jemals baden gehen zu wollen. Nach Abgeschiedenheit suchend, ist sie an den Ort ihrer Kindheit zurückgekehrt. Eine Kindheit, an die sie sich ungern erinnert. Ist es eine Form von Masochismus oder lediglich der Wunsch nach Erfüllung des Unerfüllbaren? Die Antwort auf diese Frage hat sie noch nicht gefunden.

»Fahren Sie jeden Tag raus?« fragt Annika, um vom Thema abzulenken.

»Jeden Tag«, antwortet er mit Stolz in der Stimme. »Da muss es schon Katzen und Hunde regnen. Kommen Sie doch mal mit. Ich nehm Sie mit raus. Zeig Ihnen die Bucht, und wenn Sie wollen, auch den Atlantik.«

»Das klingt verlockend. Ich komme bestimmt auf Ihr Angebot zurück«, willigt Annika ein.

»Dafür wird keine Zeit sein«, sagt Barbara harsch und umfasst mit beiden Händen fest die Kaffeetasse.

Sauer stößt es ihr auf, als sie einen Schluck trinkt. Die Leichtigkeit, die sie anfangs bei Annika anzog und faszinierte, und die Unbeschwertheit, mit der Annika offenbar problemlos Kontakte zu anderen knüpft, machen sie zunehmend wütend. Alles in ihr rebelliert gegen den Menschen, den sie sich freiwillig ins Haus geholt hat. Einerseits möchte sie Annika am liebsten sofort hinauswerfen, andererseits möchte sie sie unter allen Umständen festhalten. Immer schwieriger wird es, diese Spannung auszuhalten und sich äußerlich nichts anmerken zu lassen.

»Ein Tag auf dem Wasser würde Ihnen gewiss auch gut tun. Warum machen wir das nicht zusammen?« versucht Annika, die für sie spürbare Spannung zu lösen.

»Für Vergnügungen habe ich weder Zeit noch Lust. Ich für meinen Teil halte mich an den Abgabetermin. Wenn Sie so weitermachen, sind Sie in drei Jahren noch nicht mit Ihrer Dissertation fertig. Aber bitte, wenn Sie es so wollen, fahren Sie eben hinaus und amüsieren Sie sich. Ich muss arbeiten.«

Barbara nimmt ihren Kaffee und kehrt zurück an den Schreibtisch.

Die tiefstehende Abendsonne wirft ihr warmes Licht auf die Unmengen Papier. Durch das Fenster dringt schwüle Luft in den kühlen Raum. Außerordentlich aktiv ziehen die Möwen über der Hecke und dem hohen Gras kreischend ihre Bahnen. Im Papierkorb sammeln sich die leeren Zigarettenschachteln. Auf den Manuskriptseiten ergeben die schwarzen Striche und Randbemerkungen ein Bild des Chaos. Kaum ein Satz, der nicht korrigiert oder komplett gestrichen ist. Eine beunruhigende Stille erfüllt das ganze Haus. Am Horizont verdunkeln dicke, schwarzgraue Wolken den Himmel. Mit festem Druck streicht sie eine gesamte Buchseite, so dass das Papier unter der Feder aufreißt. Ein schwarz geränderter Graben durch einen Tag Arbeit und viele gute Ideen. Ihr Blick irrt rastlos zwischen den Buchseiten und den dunklen Wolken am Horizont hin und her.

Als der Schlüssel das Schloss der Eingangstür öffnet, wirft sie den Federhalter hin, setzt die Brille ab und richtet sich auf. Wie eine Ewigkeit erscheint ihr der Moment, in dem sie sich gegenüberstehen und wortlos ansehen.

»Thierry hat mich mitgenommen. Auf seinem Boot. Hat mir die ganze Bucht gezeigt«, bricht Annika das Schweigen.

»Ich habe Sie nicht hergebeten, damit Sie Urlaub machen«, beginnt Barbara betont leise.

»Es war eine spontane Idee. Er ist ein netter Kerl«, rechtfertigt sich Annika.

Barbara wird zunehmend blasser.

»Nicht eine Buchseite ist heute entstanden. Nicht eine«, sagt sie bedrohlich ruhig.

»Wo ist das Problem?« fragt Annika unbedarft zurück.

Vor Zorn gerötet, mit tiefen Furchen zwischen den Augenbrauen, bricht es aus Barbara heraus.

»Wo das Problem ist? Sie fragen mich allen Ernstes danach, wo das Problem ist? Wollen Sie das wirklich wissen?«

»Ja«, fordert Annika sie mutig heraus. »Spucken Sie es endlich aus!«

»Sie wollen es nicht anders. Also gut. Dann sage ich Ihnen, wo das Problem ist. Sie! Sie sind hier das Problem. Sie halten sich nie an das, was wir abgesprochen haben. Sie dringen in mein Haus ein, als sei es Ihres. Inzwischen liegt mindestens in jedem Raum irgendetwas von Ihnen herum. Offenbar hat man Ihnen nicht beigebracht, Ordnung zu halten. Dann verschwinden Sie. Einfach so. Sind den ganzen Tag weg. Und Sie kommen noch nicht einmal auf die Idee, mir vielleicht mitzuteilen, wo Sie gerade sind oder wann Sie gedenken, hier wieder aufzutauchen. Ich sage Ihnen, jeder Arbeitgeber würde jemanden wie Sie sofort entlassen.«

Das nunmehr dunkle Zimmer wird ab und an vom Zucken eines Blitzes erhellt.

»Dann tun Sie es doch. Tun Sie es. Entlassen Sie mich. Vielleicht ist es ohnehin die beste Lösung. Ich packe meinen Kram und bin weg«, antwortet Annika und beginnt, ein paar ihrer herumliegenden Kleidungsstücke einzusammeln.

»Ich brauche Sie hier nicht. Ich komme gut allein zurecht. Ich lebe seit Jahrzehnten allein.«

»Gut. Sind wir uns ja einig.«

Ein lauter Donner lässt das Haus erbeben.

»In fünf Minuten sind Sie mich los. Dann stört Sie keiner mehr. Ziehen Sie sich ruhig wieder in Ihr Schneckenhaus zurück. Leben Sie das Leben Ihrer Bücher. Haben Sie eigentlich schon einmal gesehen, wie schön diese Bucht ist? Thierry ist ein ausgezeichneter Führer. Kennt hier jeden Stein und Grashalm. Und er hat Humor. Aber Menschen sind Ihnen ja egal. Wenn Sie sie nicht herumkommandieren und kontrollieren können, stoßen Sie sie von sich.«

»Schweigen Sie«, weist Barbara mit vor Wut gebrochener Stimme an.

»Mich können Sie nicht beeindrucken. Und schon gar nicht lasse ich mir von Ihnen sagen, was ich zu tun und zu lassen habe«, kontert Annika.

»Sie sollen endlich den Mund halten!« flüstert Barbara stimmlos.

»Weil ich jünger bin? Ist es das? Das ist das dümmste aller Argumente. Es steht mir nicht zu, Ihnen zu widersprechen? Meine eigene Meinung zu äußern? – Das ist es doch, was Sie denken. Soll ich wie Thierry in Ehrfurcht erstarren, weil Madame etwas gesagt haben? Unterwürfig mich jedem Befehl Ihrer Hoheit beugen? Ich beneide Sie wahrlich nicht um das Leben, das Sie führen. Nein. Eher habe ich Mitleid. Ihre Karriere ist eine armselige Karriere. Ob Ihre Bücher in fünfzig Jahren noch einen Wert haben? Wer weiß. Selbstsüchtig und egozentrisch sitzen Sie hier Tag um Tag in Ihrem Kokon, und das Leben draußen zieht an Ihnen vorbei. Kein Wunder, dass Sie nicht mehr schreiben können. Genauso können Sie auch tot sein. Im Grunde sind Sie es bereits. In Ihrem angsterfüllten Kontrollwahn unterdrücken Sie jede Form des Lebendigen.«

»Ich bitte Sie, seien Sie endlich still«, fordert Barbara beinahe tonlos.

»Keine Sorge. Es wird hier gleich ganz still sein. Sie sind mich los. Dann können Sie sich in Ihrem selbstgezimmerten Sarg aus Felssteinen und Dachziegeln einigeln und Thierry wie einen räudigen Köter herumscheuchen. Als wir uns das erste Mal begegneten, hatte ich die Hoffnung, dass Sie Ihre Furcht und Enttäuschung überwinden und ins Leben zurückkehren. Aber es ist zwecklos. Sie haben sich in der Dunkelheit eingerichtet mit ein paar Öllämpchen, die Thierry oder Jean ab und an auffüllen kommen. Es ist schließlich Ihr Leben. Ich werde Sie nicht mehr stören. Ehrenwort.«

Inzwischen ist Barbara in ihrem Sessel in der Bibliothek zusammengesunken. Annika eilt durch das Haus und sammelt weiter ihre Sachen ein. Das Gewitter ist mit Sturmböen und sintflutartigem Regen in vollem Gange. Im Licht eines Blitzes sieht Barbara, wie Annika mit Sack und Pack das Haus verlässt.

Tief atmet sie durch. Draußen tobt das Gewitter. Wut. Reine Wut flammt in jeder Zelle ihres Körpers.. Eine ungebannte Flut der Emotionen treibt ihr die Tränen in die Augen.

Was erlaubt sie sich? Wie kommt sie dazu? Sie kennt mich nicht. Die Gedanken überschlagen, verwirren und ziehen neue Gedanken nach sich. Gedanken, die ihr nicht fremd sind. Gedanken, die sie seit ihrer Kindheit begleiten. Sie hat gehofft, wenn sie Annika hinauswirft, wäre das Problem gelöst, würde sie endlich Ruhe finden. Doch das Gegenteil ist der Fall. Als hätte Annika lediglich den Funken geliefert, der die Explosion entzündet, erlebt Barbara sich nun in einem Feuerwerk der aufgestauten Emotionen. Neid, Eifersucht, Hass. Zu gern möchte sie Annika komplett vernichten. Sie, die ihr das antut. Sie, die sie so aus der Fassung bringt. Sie, deren Anwesenheit allein eine einzige Provokation ist.

Immer entfernter klingt das Grollen des Donners. Lautlos zucken die Blitze. Der Regen wird schwächer. Erschöpft sitzt sie im Sessel und starrt vor sich hin. Leer ist ihr Kopf. Eine Brise fährt durch die Nadeln der Pinie vor dem Fenster. Sanft gleitet sie hinüber in einen leichten Schlaf.

***

Ein modernes Einkaufszentrum in einer größeren Stadt. Laden reiht sich an Laden. Barbara durchquert die Passagen, die Auslagen kaum wahrnehmend. Als sie das Zentrum verlässt, gelangt sie in einen kleinen urwüchsigen Garten. An dessen Ende sieht sie durch ein Fenster eine hochgewachsene Frau mit halblangen, strahlend weißen Haaren. Sie winkt sie zu sich heran und empfängt sie so, als hätte sie sie bereits erwartet. Barbara ist sehr verwundert ob dieses sehr herzlichen Empfangs. Im Umdrehen erkennt sie Anouk, ihre Mutter, neben sich. Anouk präsentiert ihr einen besonders schönen roten Stein mit grauen Adern und fragt sie nach dessen Bezeichnung.

»Roter Jaspis«, antwortet Barbara überzeugt.

Anouk schüttelt den Kopf und zeigt ihr den nächsten Stein. Schwarz-silbern schimmernd liegt er in ihrer Hand.

»Onyx?« fragt Barbara verunsichert.

Wieder schüttelt Anouk verneinend den Kopf.

»Was soll das? Ich weiß doch genau, dass dies ein Onyx ist. Und das andere ist ein roter Jaspis.« Barbara wird ungeduldig.

Einen hellgrünen Stein darbietend, sagt Anouk zu ihr: »Es ist derselbe Stein. Die Einlagerungen entscheiden über die Farbe, der Stein bleibt der gleiche. Du hast es in der Hand.«

Mit diesen Worten überreicht Anouk ihr den hellgrünen Stein, und Barbara findet sich im Einkaufszentrum wieder.

***

Der Regen ist in einen gleichmäßigen Landregen übergegangen. Von der unbequemen Position im Sessel sind Nacken und Schultern schmerzhaft verspannt. Sie kann sich nicht erklären, warum, aber seit ihrem Aufenthalt in Berlin wird sie häufig von der Müdigkeit geradezu überwältigt. Hat sie zuvor mit wenigen Stunden Schlaf auskommen können, fällt sie nun sogar am Tag in Zeiten des Kurzschlafs, und nachts braucht sie mindestens sieben Stunden, um am Morgen halbwegs wach zu sein. Denn wirkliche Ruhe bringen ihr diese Zeiten des Schlafs nicht. Hatte sie früher keine Träume, so scheint es ihr jetzt, als würde sie das Versäumte nachholen.

Die Steine in diesem Traum waren alles Halbedelsteine oder Quarze, denkt Barbara, sich den steifen Nacken massierend, als sie zu ihrem Schreibtisch geht.

Was stand auf dem Kärtchen, an welchem der grüne Stein befestigt war? fragt sie sich weiter, als sie im Internet zu recherchieren beginnt. Sie kann sich noch vage an mehrere Os, Hs, Is und Ns erinnern. Aber die Buchstaben ergeben keinen Sinn. Die Frau mit dem silbergrauen Haaren hatte etwas unglaublich Anziehendes, fast Magisches. Barbara hat sich bisher nie damit auseinandergesetzt, aber wenn sie ein Bild zu einer Schamanin suchte, würde diese Frau genau diesem Bild entsprechen. Als Anouk neben ihr auftauchte, war sie verschwunden.

Was hat das zu bedeuten? fragt sie sich, als plötzlich das Telefon klingelt.

Sie zögert, bevor sie den Hörer abhebt.

»Oh, hallo Jean. … Ja, wir kommen voran. … Gut. Jean? Kennst du einen Stein, in dessen Bezeichnung im Wesentlichen die Buchstaben O, N, K, H und I vorkommen? … Halbedelstein … Diamant?«

Auf einem Zettel notiert sie: Koh-i-Noor.

»Danke. … ja, ich hab so wenig zu tun, dass ich mir die Zeit mit Kreuzworträtseln vertreibe … Samstag zum Mittagessen in Montpellier? Warum nicht? … Wie immer bei Francis, oder nicht? … Bonne nuit, bis Samstag.«

Nachdem sie aufgelegt hat, tippt sie schnell das Wort ›Diamant‹ in den Rechner.

Wieso habe ich meine Mutter überhaupt erkennen können? denkt sie, zündet sich eine Zigarette an und holt die beiden alten Fotos hervor.

Im Traum war sie wesentlich älter als auf diesen Bildern. Warum war die andere Frau plötzlich verschwunden? Der Stein ist der gleiche, die Einlagerungen entscheiden über die Farbe. Können vielleicht beide Frauen in diesem Traum Ausdruck ein und desselben Wesens sein? Warum taucht Anouk ausgerechnet zu dieser Zeit auf? Was geschieht hier? Unaufhörlich reiht sich Frage an Frage aneinander.

Hatten Barbara diese Art Träume anfangs irritiert, findet sie allmählich einen gewissen Spaß an deren Entschlüsselung.

Manch einer gibt viel Geld für Lebenshilfeseminare oder den Psychotherapeuten aus, um einen solchen Satz zu hören zu bekommen: Der Stein bleibt der gleiche, nur die Einlagerung entscheidet über die Farbe. Du hast es in der Hand, amüsiert sie sich innerlich über die dämmernde Erkenntnis.

Barbara! Ich bin's! Thierry«, ruft er in das Haus.

Nacheinander durchstreift er Raum um Raum. Leer, kühl und dumpf ist es hier. Das Fenster im Arbeitszimmer ist geöffnet. In der Küche steht der nunmehr vertrocknete Strauß, den er ihr in der letzten Woche mitgebracht hat. Er entfernt die Strünke aus der Vase und gießt das brackig riechende Wasser in den Ausguss. Aus dem Mülleimer nimmt er den kaum gefüllten Beutel und geht damit in das Arbeitszimmer. Automatisch entleert er Aschenbecher und Papierkorb in die Tüte. Ein weißer Briefumschlag unter den zerrissenen Manuskriptseiten im Abfall weckt sein Interesse. Anders als bisher weist die zerfetzte Kante zumindest auf eine Öffnung. Doch weiter scheint es nicht gegangen zu sein. Ohne den Brief näher zu betrachten, lässt er ihn in die Tasche seiner Arbeitshose gleiten. Dann verknotet er die Mülltüte und wirft sie zusammen mit den zwei leeren Rotweinflaschen in die Tonne vor dem Haus. Das Nebengelass ist zwar feucht und kalt wie das gesamte Anwesen, aber dafür akkurat sortiert. Eine dicke Staubschicht bedeckt den Rasenmäher, den er so gut wie nie benutzen darf. Ordentlich hängen die verschiedenen Gartengeräte und das ein oder andere Werkzeug an den verputzten Wänden. Packungen mit Dünger und Schädlingsbekämpfungsmitteln stehen aufgereiht im Holzregal neben unterschiedlich großen Terrakottatöpfen. Mit einem Handgriff zieht er die Heckenschere hervor und füllt den Tank mit Benzin auf. Die alten Lederhandschuhe haben ihn schon vor einigen Blessuren bewahrt. Sie müssen ihm heute beim Beschneiden der überwiegend aus Stechpalmen bestehenden Begrenzung einen guten Dienst erweisen. An Barbaras Stelle hätte er längst die gesamte Hecke entfernt, die Jahr um Jahr breiter zu werden scheint. Irgendwann wird auch er ihr nicht mehr beikommen können. Mit Ohrenschützern und Schere macht er sich an die mühselige Arbeit. Stück um Stück fällt das stachlig-giftige Blattwerk zu seinen Füßen und gibt den Blick auf das im Sommerwind bewegte Meer frei. Er liebt diese besondere Stimmung, wenn die Wellen mit weißen Schaumkronen auf den Strand treffen und die Nachmittagssonne Dünen und Strand einen bronzefarbenen Ton verleiht. Die Brise lässt die sonst noch vor Hitze flirrende Luft angenehm kühl erscheinen. Meditativ geht er seinem Werk nach. Gelassen und mit dieser einzigartigen ihm innewohnenden Ruhe. Dem schmalen Durchgang, den Barbara nutzt, um selten genug zum Strand hinunter zu gehen, widmet er seine volle Aufmerksamkeit. Kein Zweig und keines dieser stachligen Blätter soll den Weg versperren. Die Sonne steht bereits tief am Horizont, als er mit einem Rechen das Gestrüpp am Boden zu einem riesigen Haufen zusammenharkt. Penibel reinigt er die Schere und hängt sie an ihren angestammten Platz, als die Lichter ihres silbergrauen Zweisitzers die Auffahrt erhellen.

»Bonsoir«, begrüßt sie ihn gutgelaunt und setzt dabei ihre Sonnenbrille ab.

»Salut«, antwortet er, sich die Handschuhe ausziehend und den Schweiß der Hände an einem Tuch abtrocknend.

»Hilf mir bitte den Einkauf reintragen, ja?« winkt sie ihn zu sich heran.

Der Kofferraum ist vollgestopft mit unzähligen Beuteln und Taschen. Schnell das Wirrwarr überblickend, packt er zu und trägt mit einem Mal gleich mehrere Beutel ins Haus.

»Stell einfach alles in die Küche. Ich sortiere es später. Hast du schon gegessen?«

»Nein«, reagiert er leicht irritiert.

»Wunderbar. Dann können wir zusammen essen, wenn du nichts dagegen hast. Was hältst du von einer Quiche?«

Bestätigend nickt er mit dem Kopf.

»Bien. Den Teig hab ich schon fertig. Und dazu Salat? Hol bitte den Weißwein von Sebastian aus dem Keller. Der vorletzte Jahrgang war, soweit ich mich erinnern kann, ganz ordentlich.«

Wie ferngesteuert läuft er die Stufen zum Keller hinab, um eine Flasche von Sebastians Wein heraufzuholen.

»Bitte. Ein 2005er. Temperatur müsste richtig sein. Geh mich mal waschen.«

Das klare Wasser fließt über seine kräftigen Hände. Meer und Sonne haben die Haut rissig und hart gemacht. In Tropfen perlt das Wasser von Stirn und Wangen, als er in den Spiegel über dem Waschbecken schaut. Dünne Fältchen ziehen sich von den Augenwinkeln zu den Schläfen. In dem tiefbraunen Gesicht liegen die dunklen Augen unter schwarzen Brauen. Die um diese vorgerückte Stunde wieder sprießenden Bartstoppeln bilden einen borstigen Widerstand für das weiche Frottier des Handtuchs, mit dem er sich abtrocknet. 53 Jahre. Und davon die ganze Zeit in dieser Gegend. Nichts und niemand hat ihn von hier wegbewegen können. Vom Vater hat er früh das Fischen und alles, was dazugehört, gelernt. Schon als kleiner Junge saß er neben ihm im Boot und fuhr mit Begeisterung aufs Meer hinaus, während der Rest der Welt noch schlief. Das Einkommen eines Fischers ist nicht weltbewegend, aber er war all die Jahre von einer tiefen Zufriedenheit erfüllt. Wenn sich ab und an eine dieser Luxusjachten in die Bucht verirrt, besieht er sie sich gern, wohl spürend, dass er diesen Besitz nicht braucht, um glücklich zu sein. Sorgfältig drapiert er das Handtuch wieder über die Halterung.

»Wir essen auf der Terrasse. Den Tisch hab ich schon abgewischt. Nimmst du das bitte mit raus?«

Wortlos greift er das Tablett und geht damit auf die Terrasse. Inzwischen ist es dunkel geworden. Mit einem Streichholz entzündet er die Kerzen in den Gusslaternen.

»Einen Moment noch. Wir können ja schon einmal mit dem Salat beginnen.«

Weiterhin schweigend, entkorkt er den Wein und gießt ihn in die Kelche.

»Was sagst du eigentlich, wenn ich nicht mehr da bin?« fragt er plötzlich. »Würdest du mich vermissen?«

»Was für eine Frage. Bist du krank?«

»Würdest du mich vermissen?« wiederholt er.

Seinem Blick ausweichend, setzt sie das Weinglas an und trinkt.

»Zum Wohl«, erhebt er seinerseits das Glas. Ohne daraus zu trinken, stellt er es wieder ab und steht auf.

»Danke. Danke für das Schneiden der Hecke.«

Er stoppt kurz im Gehen.

»Gute Nacht.«

Mit festem Schritt verlässt er das Haus. Barbara bleibt sitzen und schwenkt den Wein in ihrem Glas.

Was geschieht hier? fragt sie sich.

Sie hatte gehofft, wenn sie zu ihrem Alltag zurückkehrt, würde sie das, was vorgefallen ist, vergessen können. Schließlich hatte sie Jahrzehnte gut nach diesem Muster gelebt und war damit äußerst erfolgreich und in einem gewissen Grad auch zufrieden. Ein Schauer durchfährt sie.

Warum stellt Thierry diese Frage? Was bezweckt er damit?

Sie trinkt einen Schluck Wein und spült die Gedanken hinunter. Das Bild Anouks steht deutlich vor ihren Augen.

Wieso? Wieso hast du dich umgebracht? Wieso hast du mich überhaupt geboren, wenn du mich gleich wieder töten wolltest? Wozu bin ich hier? Was hat das mit Liebe zu tun? Verdammt noch mal, was heißt das überhaupt, zu lieben? Sag es mir!

So plötzlich, wie die Gestalt ihrer Mutter auftauchte, ist sie wieder verschwunden. Das gute Gefühl des Alleinseins weicht mehr und mehr einem Gefühl der Einsamkeit. Kühl ist es. Eine Kühle, die sie weder mit Hilfe des Weines noch mit einer Decke in Wärme wandeln kann. Sie möchte es sich kaum eingestehen, doch die Nähe Annikas, ihre wache und offene Art zu reden, fehlt ihr.

Vielleicht traf mein Zorn die Falsche, kommt es Barbara in den Sinn. Vielleicht ist sie der Sündenbock für das, was zwischen Anouk und Paul geschehen ist, für das, was sie mir angetan haben. Aber was haben sie mir angetan? Sie haben mich allein zurückgelassen. So wie Fréderic, so wie Annika und so wie eben gerade Thierry. Das ist wie ein Fluch. Ich scheine dafür prädestiniert zu sein, die Menschen dazu zu bewegen, mich zu verlassen und nicht wieder zurückzukehren. Bislang war das kein Problem. Warum jetzt? Wieso ist das Alleinsein auf einmal kaum zu ertragen?

Ein Adler stößt einen Schrei aus. Sonst ist es still.

Was würde Paul erzählen, wenn er die Geschichte schreibt? denkt sie weiter.

Und als hätte sie die richtige Frage gestellt, entspinnt sich aus diesem Faden ein ganzes Netz von Ideen und Zusammenhängen.

Das ist es! Ja, das ist es! Ich werde Paul erzählen lassen. Er wird die ganze Geschichte erzählen, nicht ich, nicht Anouk und auch nicht Annika. Paul ist es, der zu Wort kommt. Das ist der Anfang. Ich hab's. Ich hab den Anfang.

Sie springt hoch und eilt zum Schreibtisch. Bis weit in die frühen Morgenstunden hinein arbeitet sie und füllt die leeren Seiten.

Die Sonne steigt bereits über die Dünen, als sie mit einem Kaffee die Terrasse betritt. Wohl fühlt sie sich bei dem Gedanken, ein gutes Stück des Romans fertiggestellt zu haben.

Was würde Annika dazu sagen?

Zu gern möchte sie ihr mitteilen, was sie geschrieben hat. Möglicherweise würde sie sie auch die eine oder andere Passage lesen lassen. Das Ganze jedoch gibt sie noch nicht preis. Da müsste Annika sich gedulden, bis sie das Manuskript beendet hat.

Hirngespinste. Sie ist nicht da. Und wird auch nicht zurückkehren, ruft Barbara sich innerlich zur Raison. Das war schon immer so und wird auch immer so bleiben. Ich muss mich damit abfinden. Immerhin kann ich wieder schreiben. Das ist die Hauptsache.

Sie geht barfuß ein Stück über die gemähte Wiese. Weich und stachelig zugleich, fühlt sie die Grasstoppeln unter den Sohlen.

Wo kann sie hingegangen sein? Zurück nach Berlin? Oder zu jemandem, den sie kennt. Thierry. Natürlich, sie ist bei Thierry. Barbara läuft ins Haus und greift zum Telefon.

Nach dreimaligem Tuten in der Leitung schaltet sich die elektronische Ansage des Anrufbeantworters ein.

»Hier ist Barbara. Es tut mir leid, was gestern Abend vorgefallen ist. Ruf mich bitte an, wenn du da bist. Ciao.«

Unruhe breitet sich in ihr aus.

Wo mag er sein? Eigentlich müsste er längst vom Fischen zurück sein.

Hat sie sich von dem Anruf eine Antwort auf ihre Frage erhofft, hat er stattdessen weitere Fragen ausgelöst. Fragen, auf deren Beantwortung sie warten muss. Sie trinkt ihren Kaffee aus und beschließt zunächst zu duschen, um sich danach wieder ihrer Arbeit zu widmen. Das ist das Einzige und Beste, was sie in diesem Augenblick tun kann.

Geben Sie mir bitte das Buch aus der Leseecke«, sagt Barbara, die an ihrem Schreibtisch sitzt, ohne dabei von ihrem Laptop aufzuschauen. Fast unmerklich hatte Annika das Haus wieder betreten, aus welchem sie im Zorn vor Tagen geflüchtet war.

Wortlos nimmt Annika das Buch und geht damit zu Barbara.

»Danke. Sie wissen, wo der Kaffee steht. Wo auch immer Sie gesteckt haben, lassen Sie uns nicht unnötige Zeit verlieren.«

Annika bleibt hinter Barbara stehen und legt eine Hand auf ihre Schulter.

»Thierry ...«, sie atmet schwer. »Thierry ist tot.«

Schweigend setzt Barbara die Brille ab und lehnt sich nach hinten. Da waren sie: die Antworten auf ihre Fragen.

»Gestern Abend. Er fuhr mit dem Kahn raus. Wollte nach den Reusen sehen, die er aufgestellt hat. Das Unwetter hatte wohl einigen Schaden angerichtet. Herzinfarkt. Die Küstenwache fand ihn in seinem Boot. Da war er schon seit ein paar Stunden tot. Ich habe Sebastian verständigt.«

Barbara greift nach Annikas Hand, die auf ihrer Schulter ruht. Sie drückt sie sehr fest, bevor sie sich erhebt, um durch die Terrassentür in den Garten hinauszutreten. Ihr Blick schweift über die Hecke und bleibt an dem Berg welken Gestrüpps haften, das Thierry am Vortag zusammengeharkt hat. Ihre Kehle schnürt sich zu, als sie sich eine Zigarette anzündet. Tief saugt sie den Rauch ein und schließt dabei die Augen. Der gleichmäßige Atemfluss tut ihr gut und lindert den Druck in Hals und Brustkorb. Als sie die Augen wieder öffnet, verschleiert ein kaum merklicher Wasserfilm ihr die Sicht auf den blauen Meeresspiegel.

»Er hatte niemanden mehr. Sebastian ist … war sein bester Freund«, setzt Annika, die neben ihr steht, zaghaft fort.

»Wieso fährt er in der Dunkelheit raus, um die Reusen zu kontrollieren? Sowas macht man am Tag«, fragt Barbara, weiterhin den Blick auf das Meer geheftet, als würde sie dort die Antwort finden können. »Hat ihn jemand im Hafen gesehen?«

»Nur der alte François, der wie jeden Abend die Runde mit seinem Hund gedreht hat. Er will gesehen haben, wie er gegen zehn in den Kahn stieg und losfuhr.«

»François«, entgegnet Barbara abfällig. »Der ist doch nie nüchtern.«

»Es war nicht ungewöhnlich für Thierry. Er fuhr abends oft raus.«

Sie verscharrt mit dem Fuß den Rest der Zigarette im Sand und geht zum Strand hinunter. Annika will ihr folgen, da kommt Sebastian ihr durch die Dünen entgegen.

»Lass sie.«

»Sebastian.«

»War das Thierry?« fragt er, auf den Haufen Gestrüpp weisend.

»Ja. Gestern«, bestätigt Annika.

»Ich werde mich darum kümmern, dass es abgebrannt wird. Die Gerichtsmedizin will ihn im Laufe des Tages freigeben. Hoffen wir, dass dem auch so ist. Ist eben der Mist, wenn die Polizei einen findet. Er hat sein Testament gemacht. Da sollte alles Weitere drinstehen. Will auf dem Friedhof in Sète bestattet werden, direkt am Wasser, im Familiengrab.«

»Hatte er wirklich niemanden mehr?«

»Nein. Nicht dass ich wüsste. Alle schon tot. Na, wenigstens ist er auf dem Meer gestorben. Schöner Tod. Ohne vorher etwas gemerkt zu haben … zack … sind die Lichter aus«, sagt Sebastian, dabei mit den Fingern schnippend.

»Das wäre bestimmt zu verhindern gewesen. Ich meine, Montpellier ist Europas ältestes Zentrum der Medizin.«

Sebastian schaut Annika mit einem Anflug eines Lächelns an.

»Thierry und ein Arzt. Als Kind war der nicht mal zum Zahnarzt zu bewegen. Was hätte es ihm genutzt? Möglich, dass ein Herzschrittmacher sein Leben verlängert hätte. Aber er war auch ohne glücklich. Gibt's hier eigentlich einen Kaffee?«

»Oh, pardon. Komm mit.«

In der Küche gießt Annika zwei Tassen Kaffee ein.

»Muss heute dringend noch die Liste für die Arbeiter durchgeben. Geht bald wieder los mit der Weinlese. Hab wenig Zeit. Hier, die Adresse und Telefonnummer vom Bestattungsinstitut.« Er reicht ihr einen zusammengefalteten Zettel. »Und dann noch der Schlüssel für das obere Fach der Kommode im Kaminzimmer. Da solltet ihr alles finden. Im Testament muss auch der Name des Paters stehen, mit dem er alles abgesprochen hat.«

»Er hat seine Beerdigung komplett vorbereitet?« fragt Annika fassungslos.

»Ja, klar«, antwortet Sebastian trocken. »Thierry war in allem sehr gewissenhaft.«

Annika hält sich schweigend an ihrem Kaffeebecher fest.

»Barbara hat recht. Eigenartig, dass er gestern Abend noch rausgefahren ist. Total unlogisch.«

»Der Tod ist immer unlogisch«, sagt Sebastian, in seine Tasse starrend.

»Aber, wenn er so gewissenhaft war, wie du sagst, dann wäre er nicht rausgefahren, um die Reusen zu kontrollieren, zudem man gestern Abend kaum die Hand vor Augen sehen konnte.«

»Wenn du das der Polizei sagst, geben die ihn diese Woche nicht mehr frei.«

»Ich frage mich, was ihn dazu bewogen hat.«

In diesem Moment betritt Barbara den Raum.

»Danke, Sebastian, dass du gleich gekommen bist«, begrüßt sie ihn.

»Keine Ursache. Ich habe Annika alles gegeben. Ihr müsst euch heute kümmern. Wenn ihr Fragen habt, übers Handy erreicht ihr mich. Ab morgen stehe ich euch voll zur Verfügung.«

Barbara nickt und lehnt sich gegen einen der Küchenschränke.

»Ich muss los. Wie gesagt … Bis dann«, verabschiedet sich Sebastian und setzt seine Mütze auf. »Danke für den Kaffee.«

Als er gegangen ist, ist es still in dem alten Haus. Sehr still. Lange stehen Barbara und Annika schweigend in der Küche.

»Ich nehme an, Sie haben den Schlüssel zu seinem Haus?« fragt Barbara nach einer endlos scheinenden Weile. Dann streckt sie die Arme aus und bietet ihr an: »Wollen wir nicht zum Du übergehen?«

Erstmals seit der Todesnachricht am Morgen lässt Annika den aufsteigenden Tränen ihren freien Lauf. Stumm halten sie sich in den Armen.

***

Es ist das gleiche Haus. Das weiße Haus mit den blau gestrichenen Fensterläden in unmittelbarer

Nähe zum alten Fischerhafen. François' Kater döst wie jeden Mittag auf einem der Fensterbretter in der Sonne, lediglich mit einem Auge blinzelnd, um sicherzugehen, dass kein Feind naht. Täglich klopfte Annika an die schwere Holztür. Beinahe täglich öffnete ihr Thierry mit einem Salut auf den Lippen. Es ist das gleiche Haus. Das gleiche Licht. Doch heute öffnet sie die Tür mit dem Schlüssel und betritt die unbewohnten Räume. Alles ist so wie immer, und auch wieder nicht. Das erste Mal in ihrem Leben fühlt Annika diese unermessliche Leere. Dieses Gefühl, dass er in nächster Minute durch die Tür hereinkommt. Das Hoffen, dass die letzten Stunden lediglich ein Albtraum waren, aus dem man unbeschadet erwacht. Die Luft ist geschwängert von dem Duft nach erkaltetem Kaminrauch und dem Holz der alten Dielen. Dieser Geruch, der stets ein Empfinden von Geborgenheit in ihr erzeugte, schnürt ihr heute die Kehle zu.

»Das ist die Kommode, die Sebastian meinte.« Annika deutet auf das Möbelstück aus Mahagoni im Kaminzimmer.

Sehr langsam setzt Barbara einen Fuß nach dem anderen in dieses ihr bislang fremde Terrain. In den zehn Jahren, die sie Thierry kannte, ist sie nie zu Besuch bei ihm gewesen. Einem Einbruch gleich erscheint ihr das heutige Eindringen in sein Haus. An der Wand zwischen den Fenstern hängt ein Schwarz-Weiß-Foto mit einem Paar von ungefähr siebzig Jahren. Er trägt die Mütze, die Thierry von ihm geerbt hat, und steht stolz und aufrecht hinter ihr, die Hand auf ihrer Schulter. In seinen Augen liegen dieser gewisse Witz und Charme, der auch Thierry eigen war. Sie hingegen strahlt neben viel Zuneigung einen Hauch von Strenge aus. Beide scheint ein unsichtbares Band zu einen.

»Der Schlüssel passt«, sagt Annika, die inzwischen die obere Schublade der Kommode aufgezogen hat.

Barbara tritt zu ihr. Akkurat befindet sich in dem Fach neben dem Testament und einem Brief an den Pater ein fest verschnürtes Päckchen mit Briefen aus verschiedenen Ländern.

»Hier. Sieh mal. Für dich.« Annika übergibt den Stapel Barbara.

Barbara nimmt, ohne dabei eine Miene zu verziehen, das kleine Bündel und lässt sich auf einem der Stühle am Esstisch nieder. Bedächtig setzt sie die Brille auf, um sich sodann dem behutsamen Öffnen des Knotens des Packbands zu widmen. Lange betrachtet sie ihren handgeschriebenen Namen auf dem obersten der Briefe. Darunter folgen Briefe aus China, Indien, den USA und die letzten aus Aix-en-Provence. Alle tragen den Absender: Pierre Benoit. Zehn Jahre im Leben ihres Sohnes breiten sich auf dem Tisch des alten Fischerhauses vor ihr aus. Ein Brief von Thierry ist ebenfalls dabei. Diesen reißt sie zuerst auf.

»Mon chère Barbara«, – beginnt sie zu lesen, doch die Buchstaben verschwimmen. Kalter

Schweiß bricht aus. Mühsam versucht sie, die Kontrolle über ihren Körper wiederzuerlangen, um nicht das Bewusstsein zu verlieren.

»Alles in Ordnung?« fragt Annika, die die plötzliche fahle Gesichtshaut von Barbara aufmerken lässt.

»Ja … ja. Die schwüle Luft. Vielleicht ein Glas Wasser«, antwortet Barbara, sich gleich wieder fassend.

»Ich hol dir eins«, reagiert Annika geistesgegenwärtig und ist schon in der Küche verschwunden.

»Meine liebe Barbara«, liest Barbara noch einmal die Anrede. »Viele Jahre habe ich darauf gehofft, Dir diese Briefe Deines Sohnes persönlich übergeben zu können. Mit Wehmut im Herzen habe ich jeden Brief, den Du achtlos weggeworfen hast, aus dem Abfall gefischt. Bevor Du alles wieder ungelesen entsorgst, folge bitte zunächst meinen wenigen Worten. Danach bleibt Dir genügend Zeit, um eine Entscheidung zu treffen.«

»Bitte, das Wasser. Geht's?«

Annika stellt ein Glas vor Barbara auf den Tisch.

»Merci. Ja«, antwortet Barbara kurz, um im Lesen fortfahren zu können.

»Mein ganzes Leben habe ich in diesem Dorf verbracht. Mit vierzehn Jahren war meine Zeit an der Schule beendet. Immerhin so viel Zeit, dass ich Lesen, Schreiben und Rechnen gelernt habe. Den Rest hat mich das Leben gelehrt und Deine Bücher. Ich habe sie alle gelesen. Ich habe sie gelesen, um Dich zu verstehen. Hin und wieder bin ich sogar nach Montpellier ins Theater gefahren, um eines Deiner Stücke zu sehen. Ich bin ein unbedeutender südfranzösischer Fischer, und es steht mir nicht zu, über Dein Werk zu urteilen. Mit Sicherheit wäre ich Dir geistig unterlegen. Meine Einschätzung ist rein emotional. Ich liebe den Humor Deiner Figuren. Ich habe viel aus Deinen Romanen gelernt. Besonders ist mir ein kleiner Junge ans Herz gewachsen. Unter verschiedenen Namen, jedoch mit ähnlichen Charakterzügen, taucht er in jedem Buch auf. Barbara, dieser kleine Junge existiert. Er existiert und schreibt Dir als erwachsener Mann, wohl wissend, wahrscheinlich auf seine Briefe nie eine Antwort zu erhalten. Das Leben findet jetzt und hier statt. Ich bin aus dieser Bucht nun zum ersten und gleichzeitig zum letzten Mal gegangen. Vielleicht hätte ich es bereits viel früher tun sollen – im Leben. Du unternimmst in Deinen Geschichten die abenteuerlichsten Reisen, ohne dabei Deinen Schreibtisch zu verlassen. Zu leben ist ein Risiko. Auch der Schreibtisch kann Dich nicht vor Enttäuschungen und Verletzungen bewahren. Stürz Dich hinein in die Fluten und schwimm. Du wirst erstaunt sein, dass das Wasser Dich trägt. Avec tout mon amité, Thierry.«

Zu leben ist ein Risiko, wiederholt sie innerlich.

Sie setzt die Brille ab. Ihr Kopf fühlt sich an wie in eine Schraubzwinge gepresst. Ein dumpfer Druck lastet auf ihrer Schädeldecke. Der Atem fließt schwer und ungleichmäßig, kurz davor, in einen asthmatischen Zustand abzugleiten.

»Von wem sind die Briefe?« fragt Annika vorsichtig.

»Pierre«, antwortet sie kaum hörbar. »Mein Sohn.«

»Du hast einen Sohn?«

Eine Strähne ist Barbara ins Gesicht gefallen. Mit der Hand fährt sie sich durch die Haare, ohne sie aber bändigen zu können.

»Oui. Erstaunt es dich?«

Statt auf diese Frage zu antworten, blickt Annika sie unablässig an.

»Ich habe ihn aus meinem Leben gestrichen. Wie seinen Vater. Fréderic.«

Als Fréderic sie verließ, war sie gerade mit Pierre schwanger. Zu groß war ihr Stolz, als dass sie es Fréderic hätte mitteilen wollen. Eine Abtreibung kam damals nicht in Betracht. Pierre war Fréderics Hinterlassenschaft und ständige Erinnerung.

»Wie ist das möglich?« fragt Annika nach einer Zeit angespannter Stille.

»Ein Kind entsteht immer noch durch Zeugung. Ich wollte ihn nicht. Ganz ehrlich: Pierre gehörte nicht in meinen Lebensentwurf«, bemüht sich Barbara um eine Antwort.

»Er ist dein Sohn«, entsetzt sich Annika über ihre Kälte.

»Er hat von mir alles bekommen, was er brauchte. Besuchte das beste Internat, kam auf die renommierteste Universität. Offensichtlich hat er's weit gebracht. Was noch?« rechtfertigt sich Barbara.

»Zuneigung. Liebe«, antwortet Annika, die den Blick nicht von ihr löst.

Barbara weicht ihr aus und geht zum Fenster. Das Licht fällt auf ihre sehr dunklen Haare und wird von den wenigen weiß-grauen Strähnen reflektiert.

»Ich habe meine Pflicht erfüllt. Als ich vor zehn Jahren in den Süden zog, war auch dieses Kapitel für mich abgeschlossen.«

»Ein Kapitel?«

»Ein Kapitel«, bestätigt sie.

»Das Leben ein Buch? Bezeichne ihn doch gleich als ›Projekt‹ oder ›Experiment‹«, sagt Annika.

»Gute Idee. Nicht mehr und nicht weniger. Ich hab's erfolgreich zum Abschluss gebracht.«

»Erfolgreich zum Abschluss gebracht?«

»Thierry wusste, dass ich mit Pierre die Vereinbarung getroffen hatte, dass wir keinerlei Kontakt pflegen. Im Gegensatz zu mir hat sich Pierre nicht an die Abmachung gehalten. Seine Briefe kamen regelmäßig. Aber sie interessierten mich nicht. Diese Unverschämtheit hätte ich Thierry nicht zugetraut. Die Briefe ohne mein

Wissen zu sammeln geht schlicht und ergreifend zu weit.«

»Willst du damit sagen, dass du dich von Thierry betrogen fühlst?«

»Ja«, sagt Barbara – mit erstaunlicher Klarheit.

»Er hat einen Schatz bewahrt, den du einfach verworfen hast«, dringt Annika in sie.

»Er ist zu weit gegangen. Es muss schließlich mir überlassen sein, ob, wann und mit wem ich wie Kontakt haben möchte oder nicht. Selbst posthum zwingt er mir seine Lebensvorstellung auf. Und das im Mäntelchen der Harmonie gekleidet«, wird sie zunehmend wütend.

»Thierry war dein Freund«, sagt Annika.

»Eben. Eben drum. Von einem Freund erwarte ich ein solches Verhalten nicht. Was denkt er, wer er ist, dass er meint, mich belehren zu können. Hier haben zwei Menschen ein Abkommen gefasst, das lediglich die daran Beteiligten ändern dürfen und nicht irgend so ein dahergelaufener Fischer. Ich brauche keine Harmonie. Nicht um jeden Preis«, stellt Barbara mit Nachdruck fest.

»Wieso wehrst du dich dermaßen?«

»Mein Sohn ist ein Fremder für mich. Ich bin seine Mutter, aber es gibt keinerlei Verbindung zwischen uns. Die gab es von Anfang an nicht. Schockiert dich meine Ehrlichkeit? Warum sollte ich etwas vorspielen, was ich nicht bin? Sofern er meine Hilfe brauchte, habe ich mich gekümmert. Aber nun ist er erwachsen und kommt gut allein zurecht. Vielleicht bin ich an dieser Stelle offener als manch anderer. Aber ich verbiege mich nicht, um ein Gefühl vorzugaukeln, das ich nicht empfinde. Diese Freiheit steht mir zu.«

»Wir sollten tauschen. Du schreibst meine Dissertation und ich den Roman«, schlägt Annika nach einer Weile vor.

»Ein jeder, das, was er nicht kann. So sagtest du doch. Ich finde das sehr treffend.«

»Was wirst du mit den Briefen tun?«

»Mir den jüngsten heraussuchen, Pierres Adresse notieren und ihm schreiben, dass das Abkommen nach wie vor gültig ist. Was in ihnen steht, geht mich nichts an.«

»Thierrys letzter Wille lautet anders«, hofft Annika, sie umstimmen zu können.

»Ganz richtig: sein Wille. Das ist nicht der meine«, verdeutlicht Barbara ihren Standpunkt. »Wir sollten uns um die anderen Dinge kümmern.«

Das Gefühl der Wut kennt sie inzwischen gut. Sie weiß seit dem Streit mit Annika, dass es ihre erste Reaktion auf Situationen ist, in denen sie sich hilflos fühlt. Und sie hat gelernt, dass nicht Annika an dieser Situation schuld ist. Thierry hatte sie durch seinen Tod mit Pierre konfrontiert. Pierre, den sie ein Leben lang von sich weggeschob. Womöglich trifft auch Thierry keine Schuld. Sie hat ihren Sohn verbannt. Und nur sie kann diese Verbannung beenden oder aufrechterhalten. Das Gefühl der Wut zeigt ihr an, dass sie nicht so emotionslos mit dieser Geschichte umgeht, wie sie bisher dachte. Offenbar verbirgt sich hinter der Wut noch etwas anderes. Ein anderes Gefühl, das sie im Moment jedoch noch nicht zu deuten vermag.

»In Ordnung«, willigt Annika ein und blickt sich um. »Da kommt einiges auf uns zu. Hoffentlich hat Sebastian Zeit, uns zu helfen. Wollen wir das schon einmal einpacken?«

Sie greift nach ein paar Gegenständen in der Kommode und stellt sie auf den Fußboden.

»Ich hole die Kartons aus dem Wagen«, sagt Barbara und geht zur Tür hinaus.

Die Zweige der Pinie biegen sich im stürmischen Wind. Am bestechend blauen Himmel wirkt die Sonne wie daran aufgehangen. Blass bildet sich ein Halbmond auf der anderen Seite des Firmaments ab.

»Das Holz ist die Verbindung«, spricht Annika leise vor sich hin.

»Was?« fragt Barbara, kurz von den Korrekturen aufblickend.

»Das Holz ist die Verbindung«, wiederholt Annika lauter. »Genial.«

»Worauf willst du hinaus?«

»Sieh die Pinie. Sie beugt sich dem Wind, ohne daran zu zerbrechen. Fest verwurzelt steht dieser Baum im Garten. Durch die Wurzeln werden Stamm und Nadeln mit Wasser und Mineralien versorgt. Er wächst in die Höhe und in die Breite. Aber nur solange der Fluss der Nährstoffe nicht unterbrochen wird und die Wurzeln nicht frei liegen.«

»Ich verstehe nicht, was das mit Paul und Anouk zu tun hat. Wir haben weitaus dringendere Aufgaben zu bewältigen, als uns über die Gewächse in meinem Garten den Kopf zu zerbrechen«, unterbricht Barbara.

»Die Wurzeln sind die Vergangenheit. Sie sind unterirdisch. Wachsen in die Tiefe. Der Baum braucht sie als Halt, aber sie sind für uns nicht so ohne Weiteres sichtbar. Was wir sehen, ist der Stamm, die Nadeln, die Zapfen. Das alles ist uns gegenwärtig«, fährt Annika in ihren Überlegungen fort.

»Was soll das?« Barbara wird ungeduldig.

»Was wir hier machen, ist, die Wurzeln eines alten Baumes freizulegen. Aber mir ist überhaupt nicht klar, warum wir das tun.«

»Offensichtlich hast du vergessen, dass du einen Abgabetermin für die Dissertation hast, und mir Jean langsam die Hölle heiß macht, indem er mich ständig nach dem Manuskript fragt«, versucht Barbara, Annika zum Weiterarbeiten zu bewegen.

»Warum ging Paul in eine Wagner-Oper?«

»Vermutlich, weil er Opern mochte und die Pariser Theater 1941 vom deutschen Spielplan bestimmt wurden«, versucht Barbara eine Erklärung zu geben.

»Was hatte er in der Höhle des Feindes zu suchen?« fragt Annika weiter.

»Meine Mutter«, antwortet Barbara schulterzuckend.

»Man bringt sich für einen Opernabend doch nicht absichtlich in Lebensgefahr. Außerdem muss er die Deutschen gehasst haben.«

»Was weiß ich«, wehrt Barbara ab.

Doch die Frage scheint ihr berechtigt. In der Tat ist das ein Punkt, der auch ihr zu schaffen macht. Sie hat eine Vermutung, aber die mögliche Wahrheit ängstigt sie.

»Vielleicht findest du die Antwort noch. Das ist dein Part. Die Zeit rennt. Machen wir weiter«, fordert sie Annika auf, sich wieder auf den Text zu konzentrieren.

Sie stehen kurz vor dem Ziel, und Barbara hat nur einen Gedanken, dieses Ziel zu erreichen. Der Ehrgeiz treibt sie an. Doch nicht nur der. Die Zusammenarbeit mit Annika macht ihr regelrecht Freude. Wie im Flug schreibt sie die Seiten, diskutiert leidenschaftlich über die Wahl der Worte und erwartet oftmals fiebernd die Neuigkeiten, die Annika von ihren Ausflügen nach Montpellier mitbringt. Das Ende ist abzusehen, so dass auch sie sich zunehmend entspannt und Ruhepausen gönnt, wenn Annika nicht da ist.

***

Bunt durcheinander gewürfelt füllen Mineralien in allen Formen, Größen und Farben den kleinen Raum. Seltene Fundstücke aus Afrika, Australien, Amerika und Skandinavien liegen in Körben als Trommelsteine oder stehen ungeschliffen auf dem Boden.

»Chrysopras. Das ist ein Chrysopras. Der letzte Stein«, beharrt Barbara.

»Der Grundstein. Sieh genauer hin«, fordert sie die hochgewachsene Frau mit einer kraftvollen Ruhe auf.

»Wohin soll ich schauen?«

»Die Maserung.«

Die seltsame Faszination, die von dieser Frau ausgeht, beeindruckt Barbara. Sie weiß nicht, woher sie kommt und wer sie ist. In ihrer dennoch vertrauten Nähe fühlt sie sich geborgen und angenommen. Vor ihr sich verstecken zu wollen, ist unmöglich. Diese Frau scheint sie besser zu kennen, als Barbara selbst es je vermochte. Ein gleichmäßiger Schimmer umrahmt die halblangen weißen Haare, als Barbara den Stein aus ihrer Hand nimmt. Kaum erkennbar durchziehen schmale braune Linien das milchig-helle Grün des kleinen Steins.

»Werde, was du bist, Barbara.«

***

»Barbara?«

Als sie ihren Namen hört, schreckt sie im Sessel auf.

»Oh, du? Schon zurück? Ich bin wohl eingenickt.«

»Hier. Lies das«, sagt Annika, deren Aufregung nicht zu übersehen ist.

Barbara richtet sich im Sessel auf.

»Was ist das?«

»Die Erklärung. Der Schlüssel. Lies!« fordert Annika sie auf und reicht ihr mehrere Papiere.

»... besonders die Medizinische Fakultät wird durch Juden übervölkert. Ein Franzose aus einer normalen Arbeiterfamilie hat keine Chance auf einen Studienplatz. Ohne Beziehungen, wie sie die Juden haben, kommt ein Franzose nicht an die Universität. Der Faschismus schafft endlich Ordnung und steht auf der Seite der einfachen Leute und Arbeiter. Montpellier, 15.01.1941, Paul Benoit. Leiter der Studentenvertretung«, liest Barbara halblaut den mit einer Schreibmaschine geschriebenen Text.

»Ein Protokoll der Sitzung der Studentenvertretung von der Uni«, erklärt Annika.

»Wo hast du das her?« fragt Barbara mit sichtlichem Entsetzen.

»Die verknöcherte Madame aus dem Archiv der Uni hat mir die Unterlagen rausgesucht. Paul war richtig engagiert. Hier. Es geht noch weiter. Sitzungsprotokolle, Flugblätter, Statements.«

Sie breitet mehrere Kopien der Dokumente vor Barbara aus.

»Jetzt wissen wir, warum er im Mai 1941 in die Oper ging: Eine Auszeichnung von seinen faschistischen Freunden für herausragende Verdienste«, stellt Annika fest.

Die Wahrheit trifft Barbara wie ein Schlag. Ihre Vermutung ist Wirklichkeit. Hier hält sie es in den Händen. Ihr eigener Vater ein Faschist.

Ein Anhänger des Vichy-Regimes. Kein Widerständler, wie sie bisher glaubte. Oder doch? Was, wenn er beidem anhing?

»Was denkst du jetzt von mir?« fragt sie unsicher.

»Du bist du. Paul ist Paul. Und Anouk ist Anouk. Sie sind deine Eltern, aber was hat das mit dir zu tun?«

»Der Vater ein Faschist. Die Mutter eine Selbstmörderin. Für deine Arbeit sicher ein interessanter Fall, aber ...«

»Du bleibst immer noch du. Das macht doch keinen Unterschied. Jedenfalls nicht für mich«, unterbricht Annika sie.

»Ich weiß nicht, wer ich bin. Jetzt noch viel weniger.«

Barbara lässt das Dokument zu Boden gleiten.

»Ein Mensch, der zu sich selbst sehr streng ist, der nach der Wahrheit sucht und sich dieser stellt. Dabei lädt er sich eine Schuld auf, die nicht seine ist. Nicht du bist eine Faschistin, nicht du bist eine Selbstmörderin. Schau dir dein Leben an. Du hast es weit gebracht. Sehr weit. Für mich bist du ein Vorbild. Manchmal wünschte ich, ich wäre so zielstrebig, so diszipliniert, so kreativ wie du. Stattdessen manage ich wohl eher mein Chaos«, sagt Annika augenzwinkernd und entlockt ihr damit ein kleines Lächeln.

»Also gut, fügen wir einen neuen Aspekt in den Roman ein. Das gibt dem Ganzen noch einmal eine Wendung, die sicher keiner erwartet«, fühlt sich Barbara ermutigt, hebt das Dokument auf und kehrt zurück an den Schreibtisch.

***

An diesem letzten Tag im August flanieren die Touristen durch Montpelliers schmale Gassen. Die alte Universitätsstadt lebt vom Flair der Studenten und dem Sprachgewirr aus aller Welt. Das Leben spielt sich überwiegend in den zahlreichen Straßencafés und auf den Plätzen ab. Statt eines Autos fährt der Montpellierer Motorroller oder Motorrad und schlängelt sich galant durch die historische Kulisse.

Selten verschlägt es Barbara in die Stadt. Und wenn sie sich dazu aufrafft, so sind ihre Abstecher stets zweckgebunden.

In letzter Zeit bereitet ihr ein unangenehmer Druck auf den Augen mehr Probleme, als ihr lieb ist. Die Konsultation bei Dr. Bertrand ergab keine sie zufriedenstellende Diagnose. Mit einem Rezept für Augentropfen und einer minimalen Änderung der Brillenstärke entließ er sie. Auch wenn sie hinsichtlich der Wirksamkeit dieser Verordnung zutiefst skeptisch ist, wird sie das Rezept in der Apotheke und beim Optiker einlösen.

Die kleinen Läden präsentieren ihre Waren vor den Schaufenstern, in der Hoffnung darauf, die Vorbeigehenden zum Kauf zu animieren.

»Madame Benoit. Bonjour«, begrüßt sie die Besitzern einer Boutique mit gespielt übertriebener Freundlichkeit.

»Bonjour, Madame«, grüßt Barbara distanziert zurück, wohl wissend, wie es enden wird, wenn sie sich auf ein Gespräch mit Madame Marin einlässt.

»Wie geht es Ihnen?« Die Antwort nicht abwartend, winkt sie Barbara in den Laden. »Kommen Sie. Ich habe etwas, das wird Ihnen gefallen.«

Ihrer Einladung nachgebend, folgt Barbara der schmächtigen Frau in das Geschäft. Im Gegensatz zur Helligkeit und stehenden Wärme draußen ist es in dem Raum dunkler und angenehm kühl.

»Gerade hereingekommen. Schauen Sie«, sagt die Verkäuferin und hält Barbara eine farbige Bluse aus Naturseide hin. »Beste Qualität. Genau das Richtige für Sie.«

»Danke. Ich bevorzuge Schlichtheit«, lehnt Barbara ab.

»Ein bisschen Farbe kann nicht schaden, Madame. Probieren Sie«, fordert sie Barbara mit einem Zwinkern auf.

Aber Barbara interessiert sich schon nicht mehr für die Bluse. Stattdessen erregt eine Kette, die um eine Keramikhand gehängt ist, ihre Aufmerksamkeit.

»Eine Besonderheit. Aus Ägypten. Der Stein ist handgeschliffen und filigran eingefasst. Reines Gold«, erläutert Madame Marin.

Behutsam nimmt Barbara die Kette mit dem Anhänger in die Hand. Dünne Linien durchziehen den unteren Rand des Steins.

»Chrysopras. Das griechische Gold. Der Ägypter, der mir dieses Stück verkaufte, sah in der Maserung eine Hieroglyphe.«

Je länger Barbara den Anhänger in ihrer Hand hält, desto mehr spürt sie, wie ein feines Kribbeln vom Handteller ausgehend über den Arm sich nach und nach im ganzen Körper ausbreitet.

»Welche Hieroglyphe?« fragt sie, den Stein nicht aus den Augen lassend.

»Ka. Zwei nach oben gerichtete Arme«, während Madame Marin dies erklärt, zieht sie mit dem Zeigefinger die braun-schwarzen Linien auf dem Stein nach.

»Ein Symbol für das Unvergängliche. Ist es nicht ein schöner Zufall. Ach, was sag ich. Zufall«, winkt Madame Marin ab.

»Packen Sie sie bitte ein.«

»Sehr gern. Halten Sie den Stein ab und zu unter fließendes kaltes Wasser, oder legen Sie ihn nachts neben einen Bergkristall. Das neutralisiert ihn«, sagt sie während sie die Kette in ein Schächtelchen legt.

»Danke für den Hinweis. Was bekommen Sie?« wird Barbara wieder sachlicher.

»120 Euro, Madame.«

»Merci beaucoup. Au revoir«, verabschiedet sie sich schnell und verlässt den Laden, in das gleißende Sonnenlicht hinaustretend.

Die mittägliche Hitze schlägt ihr entgegen und erschwert das Atmen.

Chrysopras. Griechisches Gold. Ägypten. Ka, wiederholt sie in Gedanken die einzelnen Stichworte. Ich werde nicht schlau daraus. Werde, was du bist. Wer bin ich?

»Barbara, meine Liebe.«

Jean. Elegant wie immer, in einem weißen Sommeranzug kommt er auf sie zu. Seine Augen verhüllt eine exklusive Designer-Sonnenbrille.

»Was treibt dich nach Montpellier?«

»Ein paar Erledigungen«, antwortet sie knapp und hofft, einem längeren Gespräch damit aus dem Weg gehen zu können.

»Hast du schon zu Mittag gegessen?«

»Nein, bei der Wärme sowieso nicht«, wehrt sie ab.

»Auf eine Suppe oder einen Salat bei Francis? Wir waren dort schon ewig nicht mehr«, ermuntert er sie. »Wie geht es dir überhaupt? Du siehst ungemein gut aus. Richtig gut. Was hast du gemacht?«

Zum ersten Mal seit sie sich kennen, hört sie dieses Kompliment von ihm. Noch dazu hat er vorher die Sonnenbrille abgenommen, so dass sie seine ehrliche Absicht dahinter erkennen kann. Gerade das berührt sie.

»Nichts. Und du? Was verschlägt dich in den Süden?« fragt sie zurück, um die Situation zu überspielen.

»Der Sommer und l'amour. Paris im August ist nicht zum Ertragen. Stickig und tote Hose. Nicht mal die Touris haben Spaß. Da bin ich geflüchtet. Lass uns den hier nehmen«, leitet er sie an einen Tisch vor einem der Restaurants in der Gasse.

»L'amour?« greift sie nach dem Strohhalm, um vollends von sich abzulenken.

»Ach, wieder vorbei, aber der Süden ist trotzdem schön«, sagt er abwinkend. »Wie kommst du mit … wie hieß sie gleich …«

»Annika«, ergänzt sie ein wenig zu schnell.

»Richtig. Annika. Kommt ihr voran?«

»Der Bogen ist gespannt. Fehlt die Kür. Wenige Tage, dann bin ich fertig.«

Indem sie dies ausspricht, wird ihr plötzlich bewusst, dass sich der Sommer dem Ende neigt.

»Schön. Schieb's mir rüber, wenn du durch bist.«

»Darf's bei Ihnen schon etwas zu trinken sein?« fragt der Kellner.

»Oui, Monsieur, für mich den Hauswein. Für dich auch?«

»Oui, oui«, antwortet sie, obgleich sie die Frage nicht wirklich wahrgenommen hat.

»Wissen Sie auch, was Sie essen wollen?«

»Was steht denn heute auf der Karte?«

»Salat mit Tomaten, Ruccola und Parmesan, Medallions vom Lamm an grünen Bohnen oder Fischcurry indischer Art, Monsieur.«

»Bringen Sie mir bitte den Fisch. Und du?« entscheidet Jean.

»Salat, merci«, antwortet sie mit kaum merklich brüchiger Stimme.

»Wir waren beim Ende stehen geblieben. Wenn wir nur annähernd an den Erfolg deines letzten Romans anknüpfen, kannst du demnächst nach Monaco ziehen. Die zweite Auflage ist schon wieder vergriffen.«

»Hm«, reagiert sie desinteressiert.

»Du könntest deiner Freude darüber ruhig mehr Ausdruck verleihen.«

»Du weißt, dass mich das kalt lässt.«

»Versteh ich nicht. Du lebst davon.«

»Mich zu verkaufen ist dein Job. Nicht meiner. Wenn du es nicht ordentlich machen würdest, säßen wir heute nicht hier. Verschone mich bitte mit den Zahlen. Dich interessiert der Inhalt auch nicht, höchstens im Sinne von ›verkauft sich‹ oder ›verkauft sich nicht‹.«

»Komisch. Irgendwie hast du dich verändert und bist doch die Alte geblieben. Immer noch genauso bissig«, sagt er und nippt dabei an seinem Weinglas.

»Wann brauchst du das Manuskript?«

»In ein paar Tagen wäre schon nicht schlecht.«

»Wann fährst du wieder zurück?«

»Übermorgen.«

»Gut. Bis dahin bekommst du es.«

»Einmal der Salat, Madame. Und das Fischcurry, Monsieur. Bon appétit«, serviert der Kellner das Essen.

Übermorgen, hämmert es in ihrem Kopf.

Keinen Appetit verspürend, stochert sie mit der Gabel in dem Salat herum.

»Super. Dann hast du noch den September und kannst den Spätsommer genießen. Ganz ohne Pressetour und Arbeit.«

Jean isst mit sichtlichem Genuss. In Barbara breitet sich zunehmend ein Gefühl endloser Leere aus.

»Bronzefarbener Strand, Segelschiffe im Hafen, keine Touristen. Wie war gleich dieses herrlich kitschige Chanson von Becaud? ›So ist's im September‹.«

Indem er sich daran erinnert, unterbricht er das Essen und fängt leise an zu singen:

»C'est en septembre
Quand les voiliers sont dévoilés
Et que la plage, tremblent sous l'ombre
D'un automne débronzé
C'est en septembre
Que l'on peut vivre pour de vrai.«

Während er singt, gesellt sich zu der spürbaren Leere ein Gefühl der Hilflosigkeit in ihr.

»Ist Annika noch da?« fragt er, während er sein Besteck aufnimmt.

»Wie seid ihr eigentlich miteinander klargekommen? Besuch ist für dich doch schlimmer als Fisch.«

»Übertreib nicht. Außerdem ist sie kein Besuch«, verteidigt sie sich.

»Verstehe.«

»Ich glaube nicht. Wir haben gut zusammen gearbeitet. Das war's.«

»Hart wie Stein«, kommentiert er.

»Bitte?« fragt sie, obwohl sie durchaus richtig verstanden hatte.

»Wieso bist du so hart mit dir?« bemerkt er ernst.

»Die Realität ist hart.«

»Deine Realität. Deine«, betont er, die Gabel erhebend.

»Über eine andere rede ich gar nicht.«

»Hör zu. Was ich dir jetzt sage, ist mein vollkommener Ernst. Du siehst in mir den zahlenfokussierten Verleger und den sizilianischen Schwulen, der nichts anbrennen lässt. Das passt wunderbar in deine Schubladen. Weiß ich, wer dir die eingetrichtert hat? Fakt ist, dass du mir jede Form von Tiefe absprichst. Du hast dir nie auch nur die Mühe gemacht, mich wirklich kennenlernen zu wollen. Ich mache dir keinen Vorwurf. Darüber bin ich lange hinaus. Wenn ich in dir nicht sehen würde, dass du jemand ganz anderer bist, als du vorgibst zu sein, wär ich schon lange weg. All die Jahre hast du eine entwertende Bemerkung nach der anderen für mich übrig. Aber das bist du nicht. Verdammt, warum sträubst du dich so davor, die zu sein, die du bist? Gib deiner Seele eine Chance. Wovor, um Himmels willen, hast du solche Angst? Du hast dir deinen Käfig selbst gebaut. Nicht die anderen.«

Nachdem Jean dies gesagt hat, ist er sichtlich erleichtert.

»Woher willst du so genau wissen, wer ich bin?« fragt sie gereizt.

»Unwichtig. Stell dein Leben auf den Kopf. Andernfalls hängst du in deiner Sackgasse fest. Das hält keiner in deiner Nähe auf Dauer aus.«

»Ich hab nichts dagegen, wenn du unseren Vertrag lösen willst. Wenn das alles ist, kannst du es auch direkter formulieren.«

»Es ist hoffnungslos. Kannst du mal abschalten? Die Arbeit ist dein Gott, dem du bis zur Erschöpfung dienst. Dabei hast du dich selbst verloren, wenn du dich überhaupt jemals gefunden haben solltest.«

»Die Arbeit ermöglicht mir das Leben.«

»Leben«, bemerkt er verächtlich.

»Ja, Leben. Ich habe mich so definiert, wie ich es für richtig erachte. Das ist meine Realität. Du verlangst von mir Toleranz und Respekt vor deinem Lebensentwurf. Das ist das Mindeste, was du mir ebenso entgegenbringen solltest.«

»Sinnlos. Ich geb auf«, resigniert er.

»Meine Freiheit solltest du mir schon zugestehen.«

»Eine Freiheit im goldenen Käfig.«

»Oh, Barbara. Stör ich?« fragt Annika, die sich dem Tisch von den beiden unbemerkt genähert hat.

»Nein, setz dich zu uns. Darf ich vorstellen? Annika … Jean. Der Mann, der mir seit dreißig Jahren nicht von der Seite weicht«, macht Barbara die beiden miteinander bekannt.

»Gerade haben wir über Sie gesprochen. Schön, Sie kennenzulernen«, begrüßt er Annika mit einem wechselseitigen Kuss auf die Wangen.

»Sie sind der Verleger? Alles klar«, Annika setzt sich zu ihnen an den Tisch.

»Das klingt so, als würde mir mein schlechter Ruf schon weit vorauseilen. Was hat sie Ihnen über mich erzählt?«

»Jean nimmt das Manuskript übermorgen mit nach Paris«, sagt Barbara mit ernüchternder Sachlichkeit.

»Übermorgen? Aber wieso so plötzlich?«

»Bietet sich an. Außerdem will ich es bei der Buchmesse im Frühjahr im Gepäck haben. Barbara hat beinahe ein Dreivierteljahr nichts veröffentlicht. Die Leser warten. Wir müssen sie bei Laune halten.«

Während er seine Erklärung abgibt, ziehen sich seine Augenbrauen zur Nasenwurzel zusammen.

»Es ist nicht ausreichend überarbeitet«, entgegnet Annika.

»Dann müssen wir das Buch eben heute und morgen so rund bekommen, dass Jean mit seiner Vermarktung beginnen kann. Den letzten Feinschliff nehme ich ohnehin nach dem Lektorat vor.«

Obgleich sich Barbara bei dieser Aussage miserabel fühlt, bemüht sie sich um ein gewisses Maß an Geschäftlichkeit.

»Okay«, fügt sich Annika. »Übermorgen.«

Als sie versucht, Barbara in die Augen zu sehen, weicht sie ihr aus.

Das müsste alles sein«, sagt Annika.

»Warte. Der fehlt noch.«

Barbara reicht ihr den Labradorit.

»Aber … er gehört zu dir. Er ist zu dir gekommen.«

»Ja, er ist zu mir gekommen, aber zum Leuchten hast du ihn gebracht. Bei dir ist er besser aufgehoben.«

Wortlos wickelt Annika den Stein in ein Shirt und verschließt die Reisetasche.

Der Herbstwind treibt dicke Regenwolken über das Firmament. Das aufgewühlte Meer braust in einer unerbittlichen Lautstärke.

»Was wirst du jetzt tun?« fragt Annika, nachdem sie ihre Tasche in dem Kleinwagen verstaut hat.

»Das Manuskript an Jean weiterleiten, endlich ein gutes Buch lesen, dem Meer zuhören«, antwortet Barbara achselzuckend. »Eben all das, wozu ich in den letzten Wochen nicht gekommen bin.«

Beide schauen sich lange in die Augen, bevor sie sich umarmen.

»Ich melde mich, wenn ich in Berlin bin«, löst sich Annika aus der Umarmung und steigt, ohne sich noch einmal umzusehen, in das Auto.

Ja, denkt Barbara, und es fröstelt sie.

Sehr langsam setzt sie ihre Schritte zurück in das Haus und schließt die Eingangstür. Im Arbeitszimmer angelangt, zündet sie sich eine Zigarette an. Von draußen dringt das Tosen des Meeres in den kühlen Raum. Sie schließt das Fenster und greift zum Telefon.

»Salut, Jean … noch nie besser … Und bei dir? … Schön … Wie sieht's mit morgen aus? … Kannst du dir das Manuskript abholen? … Ich hab noch etwas vor. … Sollte ich nicht da sein, wenn du kommst, der Schlüssel liegt an seinem Platz. … Geh dann ruhig schon rein. Du kennst dich ja aus. … Dir auch … Bis morgen.«

Sorgfältig drückt sie die Zigarette im Aschenbecher auf dem Schreibtisch aus. Selbst durch die geschlossenen Fenster bilden Meer und Wind einen rhythmischen Klangteppich. Ansonsten ist es still. Erdrückend still. Es kostet sie einige Überwindung, die Stufen der Treppe nach oben zu nehmen.

Ordentlich hat Annika den Überzug am Fußende des Bettes abgelegt. Plötzlich schwindet sämtliche Kraft aus ihren Beinen. Rücklings lässt sie sich auf das Bett fallen. Wie in einer Rückschau ziehen die Bilder dieses Sommers an ihr vorbei. Am Ende steht das Bild des Kleinwagens, der unter dunklen Wolken Staub aufwirbelnd die Auffahrt verlässt. Ein gebirgsartiger Druck legt sich auf Barbaras Brustkorb und breitet sich lähmend über den gesamten Körper aus. Wie in Trance richtet sie sich auf, nimmt die Wäsche und geht wieder hinunter.

Sehr langsam schreitet sie durch jeden Raum des Hauses, schließt die Fenster und löscht das Licht. Im Arbeitszimmer gießt sie sich ein Glas Rotwein ein.

Auf dieses Manuskript, prostet sie in Gedanken dem Foto ihrer Mutter auf dem Schreibtisch zu.

Leise durchziehen die ersten Klänge von Joni Mitchells Song A CASE OF YOU den Raum. Das Glas Wein in der einen, die Zigarette in der anderen Hand, hört sie mit geschlossenen Augen die Musik.

Doch, wie sehr sie sich auch bemüht, ihr ist immer noch, als würde sie taumeln unter dieser enormen Last und diesem massiven Druck.

Aus der Schreibtischschublade nimmt sie eine Schachtel Tabletten.

Sie schluckt eine, spült sie mit dem Wein hinunter und schließt wieder ihre Augen. Der Druck lässt etwas nach. Einen Moment lang gibt sie sich wieder der Musik hin. Das Bild ihrer ersten Begegnung mit Annika in Berlin flackert wie ein Feuerblitz durch ihren Kopf. Schnell trinkt sie einen Schluck Wein und dreht die Tablettenpackung in den Fingern.

Ihr Herz krampft, und ihr Atem stockt. Wie im Wahn drückt sie eine Pille nach der anderen aus, bis sich ein Häufchen in ihrer linken Hand gebildet hat. Nicht lange überlegend, führt sie die Hand zum Mund und leert das Glas in einem Zug. Sie weiß nicht mehr, ob das tosende Meer, die Musik oder ihr eigener Pulsschlag diesen brausenden Lärm erzeugt. Es ist ihr egal. Endlich raus. Raus aus dieser Druckkammer, die ihr den Verstand raubt. Dunkelheit.

***

Die salzige Gischt umschließt den Körper. Sie zerrt und reißt an ihm, zieht ihn hinab in die Tiefe, um ihn wenig später wieder an die Oberfläche zu werfen. Ringend um Luft, die Bodenhaftung verloren, kämpft sie mit aller Kraft gegen die Urgewalten der Natur. Wenn sie gerade nach Luft schnappen konnte, wird sie ihr sogleich wieder genommen. Zu schwach ist sie, um sich gegen den Sog zur Wehr zu setzen. In rasender Geschwindigkeit geht es hinunter. Jedes Gefühl für Zeit und Raum eingebüßt, ziehen die Ereignisse ihres Lebens an ihr vorüber. Teilweise gleichzeitig und sich überlappend findet sie sich in Situationen wieder, die sie längst vergessen glaubte. Sie sieht Marion in Paris und ihre Unterhaltung im Auto. Sie fühlt nicht nur sich selbst und ihre Einstellung zu diesem Gespräch. Plötzlich spürt und erfährt sie auch Marions Gedanken und Gefühle. Ebenso ergeht es ihr mit dem Streit, den sie und Annika miteinander ausfochten, oder mit den vie-

len weiteren Erlebnissen, in denen sie in Auseinandersetzungen stand. Die Rückschau endet in ihrer Kindheit im Waisenheim. Ein schreiendes Baby wird einer ausgemergelten, älteren, äußerst strengen Oberin übergeben. Im hinteren Winkel des Büros steht steif ein junger Mann, der seine Mütze in den Händen zerknautscht.

»Ich wollte das Beste für dich, Barbara«, sagt er sehr leise. »Du kennst mich kaum. Es ist auch besser so. Idealisier mich nicht. Und – bitte – verdamm mich nicht. Ich war für beide Seiten tätig und habe wiederum keiner je richtig gedient.«

»Wie ist dein Name?« fragt sie.

»Paul. Mein Name ist Paul. Ich habe gesehen, wie du aufgewachsen bist. Ich war dabei, als dein erstes Theaterstück prämiert wurde. All dein Glück und Leid habe ich erfahren, als wär's mein eigenes. Wenn ich schon im Leben nicht dein Vater war, so zumindest im Tode. Ich habe dich nie allein gelassen. Nie.«

Hinter Paul fällt wie durch einen Spalt ein dünner, feiner Lichtstrahl. Zunehmend bricht er hindurch, bis er schließlich wie in einem Kegel eines gleißend hellen Lichts steht.

»Es ist Zeit.«

»Zeit wofür?«

»Zeit für mich. Du nicht. Für dich gibt es noch einiges zu tun. Ich hoffe, du erfährst ab jetzt mehr Glück als Leid.«

Als hätte er die Frage bereits gehört, bevor sie sie aussprechen konnte, gibt er die Antwort.

»Deine Mutter ist dir näher, als du denkst. Sie hatte mehr Kraft, als ich je besaß. Leb wohl.«

Gleichsam ineinander verschmelzend, verschwinden Licht und Paul.

Plötzlich wird sie von einem Sog ergriffen, der sie durch eine Röhre hinaufzieht. Ein unbändiger Druck lastet auf ihrem gesamten Körper, und die Wärme wird unerträglich. Da durchfährt sie ein Ruck wie ein flacher Aufprall. Langsam öffnet sie die Augen, die sich sofort in Annikas Augen widerspiegeln.

»Oft entsteht das Wertvollste und Schönste unter hohem Druck und großer Hitze«, sagt Annika und reicht ihr einen ungeschliffenen Diamanten.

Als sie den durchsichtigen Stein ergreift, blendet sie das sich darin brechende Licht der Sonne.

***

Das EKG durchdringt gleichförmig piepend ihre Ohren. Wärme steigt von ihrer linken Hand auf. Erst allmählich realisiert sie, dass diese Wärme von einer anderen Hand stammt. Der Atemrhythmus wird durch die an den Körper angeschlossene Technik bestimmt. Suchend tasten ihre Augen den weiß getünchten Raum ab. An der gegenüberliegenden Wand hängt eine Kopie von Monets »Mohnblumen« in einem preiswerten Holzrahmen. Vorbei an dem Infusionsständer treffen sich ihre Blicke. Die dunklen Ringe unter den Augen lassen sie darauf schließen, dass Annika offensichtlich seit Tagen keinen Schlaf gefunden hat. Wie viele Tage sind es? Was ist geschehen? Wo ist sie? Sie hat jegliches Gefühl für Zeit und Raum verloren.

»Warum bist du nicht längst in Berlin?« fragt sie. »Das Buch ist fertig. Jean muss es abgeholt haben. Ich bin sicher, es wird erfolgreich sein«, fährt sie fort. »Es war dieser unglaubliche Druck. Kaum auszuhalten. Ich will Ruhe. Einfach Ruhe.«

Annika sieht schweigend aus dem Fenster.

»Wieso ich? Wieso mich?« bohrt Barbara nach.

Keine Antwort.

»In meinem Leben gab es keine Schönheit und wenig Freude. Tu dir das nicht an. Du hast mich ertragen wie jeder bisher. Aber ich will nicht, dass du mich erträgst. Nicht du. Dazu bist du mir zu wertvoll geworden.«

Annika drückt sanft ihre Hand. Dann steht sie auf, wendet sich ab und geht zum Fenster.

Jean betritt das Zimmer.

»Annika«, begrüßt er sie von ferne.

»Salut«, grüßt sie zurück.

»Ist sie wach?« deutet er auf Barbara.

»Nein. Angeblich soll noch alles möglich sein. Aber das macht es gerade schwer«, sagt sie, und ihre Augen füllen sich mit Tränen.

Jean geht auf sie zu und schließt sie in seine Arme.

»Wasser fühlt sich am wohlsten eingeschlossen im Stein. Vielleicht müssen wir einfach akzeptieren, dass sie gehen will«, sagt er und reicht Annika ein Taschentuch.

»Wenn es wenigstens das wäre. Sie kann sich nicht entscheiden. Weder lebt sie, noch ist sie tot. Und ich dusselige Kuh hab mir eingebildet, ich könnte aus dem riesigen Teich tief unten im Gebirge einen sprudelnden Bach machen«, bricht es aus Annika heraus.

»Glauben Sie mir, Sie haben die Bohrung gelegt, Ka. Aber den Weg muss das Wasser jetzt selbst finden. Geben Sie ihr Zeit.«

»Es war einfach ein bisschen viel, sorry«, entschuldigt sie sich.

»Ich hole Ihnen einen Kaffee. Okay? Bin gleich wieder da«, sagt er und verlässt das Zimmer.

Sie setzt sich wieder zu Barbara und vergräbt das Gesicht in den Händen. Tief atmet sie ein und aus. Da greift Barbara nach einer Hand und zieht sie zu sich.

»Warte! Ich sag Bescheid«, reagiert Annika sofort und läuft, um eine Schwester heranzuholen.

Eilig verschwinden der Stationsarzt und die füllige Krankenschwester in dem Zimmer. Annika bleibt im Flur zurück und wartet ungeduldig darauf, dass sich die Tür wieder öffnet.

»Madame, das hätten wir«, sagt die Schwester und verlässt den Raum. »Sie können jetzt wieder zu ihr.«

Sprachlos steht Annika an Barbaras Bett.

»Ka. Ich hab dich nie Ka genannt. Zuviel Respekt hatte ich vor dir. Nicht einmal deinen Namen wollte und konnte ich einkürzen«, sagt Barbara leise.

Fassungslos blickt ihr Annika entgegen.

»Ich hab mich entschieden«, setzt Barbara fort.

***

Die Sonne steht tief am Himmel und wird jeden Moment als roter Feuerball im Meer versinken. Die See ist spiegelglatt. Barbara räumt die Fotos und Briefe ihrer Eltern, die über den gesamten Schreibtisch verteilt sind, in den vergilbten Karton. Ganz zum Schluss legt sie das einzige Foto, das Anouk und Paul gemeinsam zeigt, hinein.

Auf dem Weg durch ihren Garten sammelt sie trockenes Gras und Holz zusammen. Am Strand angekommen, schichtet sie alles zu einem Häuflein auf. Vorsichtig legt sie den Karton darauf, übergießt ihn mit Spiritus und entzündet ihn. Züngelnd fressen sich die Flammen durch die Pappe und das Papier. Gierig verschlingen sie die letzten Reste der Vergangenheit. Dicke, graue Rauchwolken steigen senkrecht nach oben.

»Voilá«, entfährt es ihr befreit.

Der Wind frischt auf und treibt die Wellen schneller und höher an den Strand.

Tief atmet sie die klare Luft ein. Schnell zieht sie Schuhe und Strümpfe aus und schlägt die Hosen auf. Leicht tragen sie die Füße über den Sand zum Wasser hinunter. Kraftvoll und doch sanft umspielt das Nass ihre Beine. Vertraut steigen kühle Wellen aufwärts und durchmischen sich mit der Wärme ihres Körpers. Keines will das andere beherrschen. Ein gleichmäßiger Fluss zieht sie weiter hinein. Weiter, um einzutauchen, um mit dem Element eins zu werden. Vollkommen im Strom zu versinken und alles zu vergessen. Für einen Augenblick sich aufzulösen im anderen. Jetzt weiß sie, dass sie sich nicht verlieren kann. Das Meer hat keinerlei Macht über sie, und sie hat keinerlei Macht über das Meer. Mutig und demütig zugleich stehen sich die Kräfte gegenüber, nähern sich an, ohne sich besiegen zu wollen.

Komplett durchnässt kehrt sie zurück zur Feuerstelle. Der Rauch ist verflogen. Übrig bleibt ein wenig schwarze Asche. Mit dem Fuß schiebt sie den weißen Sand darüber.

»Ich dachte, das kannst du jetzt gebrauchen«, sagt Annika und legt ihr das Badetuch um die Schultern.

Nachwort

Liebe Peggy Langhans,

wir lernten uns vor einigen Jahren im Theater kennen. Du hattest Deine erste Regieassistenz, es war Deine erste Arbeit am Theater überhaupt. Und Du warst wie ein Schwamm, saugtest alles auf, warst von großer Aufmerksamkeit, warst neugierig, hungrig nach den Dir unbekannten Dingen, warst nie aufdringlich, nie altklug, hattest eine Bescheidenheit, ohne demütig zu sein, und eine schnelle Auffassungsgabe, warst selbstbewusst ohne den Anflug von Arroganz, hattest kritische Augen, ohne zu verurteilen, und kritische Ohren. Aber Du schwiegst. Nahmst Dich selber nie so wichtig. Du hattest eine Stärke in Dir, ohne siegen zu wollen. Brauchtest Du auch nicht, hattest Du gar nicht nötig.

Ich hab das alles erst im Nachhinein begriffen, damals war ich zu sehr beschäftigt mit mir selbst, dem Finden der Figur, die ich leben wollte, mit dem Text, mit der Arbeit, der Regie und den Partnern. Eben immer wieder dieselben Geburtswehen, bis »das Kind« endlich da ist. Und irgendwann sagtest Du zu mir, dass Du einen Roman geschrieben hast, und ich meinte darauf – sicher auch aus Höflichkeit –, dass ich ihn gerne lesen möchte, setzte mich hin und las!

Ich konnte das Buch nicht mehr aus der Hand geben. Was sich da auftat! Unbegreiflich. Eine ganz unverwechselbare Sprache. Eine Beobachtungsgabe, die einem den Atem nimmt. Der psychologische Aufbau der Figuren ist in jeder Situation so wahr, so echt, so nachvollziehbar und dadurch spannender als so mancher Krimi. Weil eben so pur, so einfach, so klar. Wunderbar.

Ich beneide Dich um Deine Begabung, aber auch jeden Leser, der dieses Buch zum ersten Mal liest.

Deine Judy Winter

Berlin, im März 2014

Danksagung

Die Geschichte von Barbara und Annika ist alt. Sehr alt. Obgleich sie in der heutigen Zeit spielt. Seit vielen Jahren bewegt mich diese Geschichte. Einen langen Weg hat sie hinter sich, ehe sie in dieser Form in die Öffentlichkeit trat.

Viele Menschen haben mich auf diesem Pfad begleitet, der mir oftmals steinig und unwegsam erschien. Sie haben mich dazu ermutigt, weiter zu gehen, weiter zu schreiben und weiter zu vertrauen. Jeder dieser Menschen hat mich auf seine ganz eigene Weise unterstützt. Dafür danke ich von ganzem Herzen.

Besonderer Dank gilt dem Menschen, der den Grundstein legte. Die Seele, die mich dazu inspiriert hat, diese Geschichte in die Welt zu bringen.